19금을 금하라

19금을 금하라

초판 1쇄 인쇄일 2018년 10월 12일
초판 1쇄 발행일 2018년 10월 19일

지은이   송상호
펴낸곳   도서출판 유심
펴낸이   구정남·이헌건
마케팅   최진태

주소   서울 은평구 통일로 684 서울혁신파크 미래청 1동 303B(녹번동)
전화   02.832.9395
팩스   02.6007.1725
URL   www.bookusim.co.kr
등록   제2017-000077호(2014.7.8)

ISBN   979-11-87132-28-8 03810
값   14,000원

'청소년에 의한, 청소년을 위한, 청소년의 사회'를 위한 몇 가지 제안

도서출판 유심

미성년자 거래 시
필요 서류

당신은 옆의 사진이 무엇인 줄 아는가? 만약 단박에 알아본다면 경험이 있는 사람이다. 모르긴 몰라도 대한민국 부모라면 대부분 단박에 알아볼 게다. 그렇다. 바로 그거다.

저 종이는 내가 사는 안성의 농협에서 받은 쪽지다. 뭐 하려고? 18세였던 막둥이 아들이 체크카드를 분실한 뒤 재발급받기 위해 농협에 낼 서류다. 정확히 말하자면, 내가 낼 서류다.

농협 직원에게 물었다.
"이것만 있으면, 본인은 오지 않아도 되나요?"
"네!"

1초도 망설임 없이 농협 직원이 대답한다. 여기서 본인이란 물론 나의 아들이다. 본인의 체크카드를 교체하는데, 정작 본인은 와도 되

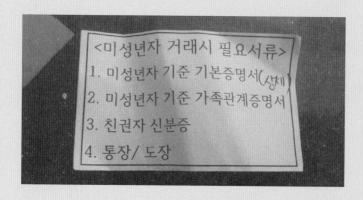

<미성년자 거래시 필요서류>
1. 미성년자 기준 기본증명서(상세)
2. 미성년자 기준 가족관계증명서
3. 친권자 신분증
4. 통장/ 도장

고 안 와도 된단다. '보호자'만 있어도 무사통과란다. 아들이 오지 않아도, 서류는 척척 진행되었다. 생각해보니 소름이 돋았다. 자녀 명의로 통장을 개설해놓고 부모가 무슨 짓을 해도 무사통과라는 거 아닌가. 자녀의 의사와는 전혀 상관없이 통과된다는 이야기렷다.

농협 직원에게 또 물었다.

"이거 좀 불합리하지 않아요? 미성년자라고 무시하는 거 아니에요?"

"당연한 건데 무슨 그런 이야기를…"

직원이 나를 아래위로 훑어본다. "미성년자에게 그래야 사회질서가 잡히는 거 아니냐"라며 그가 덧붙인 말을 들으면서, 우리 사회가 평소 청소년들을 어떻게 생각하고 사는지 직시하게 되었다. 이것이 바로 이 책 내내 등장하는, '우리 사회가 청소년을 대하는 대표적 자세'였던 거다.

이것을 차별이라고 생각하는 사람은 그리 많지 않을 게다.

사실 미국에서도 남북전쟁이 일어나기 전까지 흑인 노예를 보면서 '차별'의 결과라고는 그 누구도 생각지 못했으리라. 갑오개혁이 일어나기 전끼지 조선 사회에서도 상놈과 양반을 가르는 '반상의 원리'를 하늘이 정해준 천륜이라고 생각했다. 목숨을 바쳐 여성참정권을 쟁취한 수많은 여성들이 없었다면, 지금도 여성이 투표하지 않는 것을 당연하게 여겼으리라.

농협 직원과 약간의 논쟁(?)을 벌인 후, 나는 마지막으로 이렇게 말을 던지고 나왔다.

"아마도 향후 10년 내에 바뀔 겁니다."

그렇게 보는 데는 나름 이유가 있다. 2016~2017년의 촛불혁명은 세계사에 유례가 없는 일이었다. 그로 인해 우리 사회는 많은 변화를 겪었다. 가장 큰 변화는 구시대적 사고가 가고, 새로운 시대의 사고가 우리 앞에 온 거다. '구시대적 사고'란 '사회를 색깔로 이분하는 사고'다. 소위 '좌와 우, 보수와 진보, 꼴통과 좌빨' 등은 물론, 비민주세력과 민주세력으로 나누는 것도 의미가 없어졌다. 이제 우리 사회는 본격적으로 다양성의 사회로 진입하고 있다. '촛불' 이전의 거시적인 담론에서, '촛불' 이후 미시적인 담론으로 옮겨가고 있다. '여성 인권, 성소수자 인권' 등의 목소리가 우리 사회의 주요 이슈가 될 것이다. 물론 '청소년의 인권' 또한 갈수록 중요하게 다루게 될 게다. SNS의 발달로 이러한 현상은 가속화될 것이다. 거스를 수 없는 대세다.

나는 이 책을 통해 지금뿐만 아니라 다음 시대를 준비하자고 외칠 것이다. '청소년 딜레마'가 청소년 당사자들뿐만 아니라 우리 사회가 진보할 수 있는 기회라고 생각한다.

"이 세상에 당연한 것은 하나도 없다. 만일 있다고 한다면 그것은 사람이 만들어낸 것이다."

이것은 나의 저서 『문명 패러독스』(2009년, 인물과사상사)에서 내가 한 말이다. '19금' 또한 그렇다. '당연하다고 생각하는 그것'을 또 바꿔야 할 때가 되었다.

마지막으로, 2014년 4월 16일 세월호 안에서 수장된 아들딸들에게 미안한 마음으로 이 책을 바친다.

2018. 4. 16. 세월호 참사 4주기에 즈음하여

제1부 | 起 | 기
청소년으로 살기 정말 힘든 사회

제2부  승

청소년들이 살기 힘든 이유, 따로 있었네

제3부 轉 전

'19금'을 금하라

제4부 結 결

초년들이여! 저항하고 주도하라

19금을 금하라 1 9

제1부

기 起

청소년으로
살기
정말
힘든 사회

1. 우리 사회가 청소년을 대하는
대표적 자세

2017년 현재 나에겐 18세의 아들과 24세의 딸이 있다. 현직 청소년과 전직 청소년을 둔 셈이다. 청소년을 키워본 부모라면 공감하는 이야기부터 해볼까 한다.

"아빠! 나 혼자선 안 돼요"

몇 년 전, 중학생 아들 녀석이 통장을 만들러 은행에 갔다 와서 내게 들려준 이야기다. 사실 돈을 관리하는 습관도 키워줄 겸 아들의 용돈을 아들의 통장으로 넣어주려고 했다. 휴대폰 요금도 아들 통장에서 빠져나가게 하고. 그런데 아들의 자립심을 위해 혼자 은행에 가서 통장을 만들어보라고 했던 게 나의 실수(?)였다. 이때까지만 해도 난 몰랐다. 아들 녀석 혼자서는 자신의 통장을 개설하지 못한다는 것을.

뒤늦게 안 사실이지만, 2013년 2월에 금융감독원이 "만14세 미만의 청소년이 통장을 개설할 때는 부모의 동의를 받아야 한다"라는 규칙을 내놓았단다. 이 규칙은 본래 일부 은행이 법정대리인인 부모의 개인정보 제공 동의 없이 유치원생의 예금계좌를 개설하는 일 때문에 생겼다. 보이스피싱 등 금융사기 사건에서 대포통장으로 이용되는 것도 막기 위해서였다. 원래 취지는 그랬지만, 결과적으로 우리 사회의 청소년들은 자신의 통장조차 혼자 개설할 수 없게 되었다.

하는 수 없이 다음 날 아들과 함께 은행을 찾아갔다. 부모가 동행해야 된다고 해서 나의 신분증을 들고 갔다. 이것 또한 나의 실수(?)였다. 아들 중심의 기본증명서와 가족관계증명서 등을 동사무소에서 떼 오라고 했다. 이런 신발! 처음부터 말을 하지. "부모님 중 한 사람과 함께 와야 통장을 개설할 수 있다"고만 하지 않았던가. 하지만 통장을 만들려면 별 수 있나. 아들을 데리고 동사무소를 다녀왔다. 헐

레벌떡 은행에 도착했더니, 이번엔 통장에 아들의 서명은 안 된단다. 부모나 아들의 '도장'이어야 한단다. 염장을 지른다. 내 통장엔 분명히 서명으로 되어 있는데 말이다. 그래서 또 아들 도장을 만들러 갔다 왔다. 우여곡절 끝에 겨우 아들 통장을 만들었다.

"아빠! 통장을 잃어버렸어요."

가지가지 한다. 통장 개설한 지 몇 주가 지난 후 아들의 하소연이다. 또 그 비슷한 짓을 하고 나서야 통장이 복원되었다. 아들이 체크카드를 잃어버렸을 때도 나는 또 은행에 같이 가야 했다. 심지어 통장 페이지를 다 사용해서 새로운 통장으로 바꿀 때도 따라갔다. 내 통장도 아니고 아들 통장인데, 이렇게까지 해야 하나 싶었다. 내 아들과 딸의 휴대폰을 개통할 때도 그 비슷한 짓을 한 것 같다.

통장과 휴대폰을 혼자서 개설할 수 없다는 것은…

사실 청소년이 혼자, 스스로 통장과 휴대폰을 개설할 수 없다는 게 현대사회에서 얼마나 치명적인 약점인지, 우리는 단박에 알 수 있다. 통장은 자본주의 사회에서 생명과도 같다. 자신의 자본(돈)을 모으고, 빼고, 활용하는 원천이다. 대부분의 일상이 통장을 통해 이뤄진다. 월급을 받을 때도, 공과금이 나갈 때도, 카드 대금이 빠져나갈 때도, 체크카드를 쓸 때도. 때론 통장관리는 부의 축적의 수단이 되기도 한다. 이런 사회에서 통장을 제 힘으로 못 만들게 한다는 건, 자본주의 사회의 기본권리를 박탈하는 것과 같지 않을까?

휴대폰은 또 어떤가. 요즘 사회에서 현대인들의 일상을 연결해주는 필수품이다. 또 개인의 신상정보도 그대로 들어가 있다. 좀 심하게 말한다면 "휴대폰이 곧 개인이다"라고 할 수 있다. 모든 생활이 휴대폰으로 이루어진다. 이러한 시대에 '휴대폰 개통'을 스스로의 힘으로 할 수 없다는 건, 권리를 심각하게 규제당하고 있는 거다.

나와 당신이 승인해버린 이 자세를 어떡하지?

나는 이러한 소소한 일상들이, 우리 사회가 청소년을 대하는 대표적 자세라고 생각한다. 청소년들을 대하는 우리 사회의 자세가 성서 **잠언 22장 3절**과 같기 때문이다. 이것이 현대사회가 청소년을 대하는 핵심자세. 이것이 우리 사회가 자신도 모르는 어느 순간에 승인해버린, 청소년을 대하는 자세다. 뭐라고? 그렇다. '**승인해버린**' 것이다('잠언 구절'과 '승인'은 뒤에 가서 또 이야기하겠다).

이러한 자세가 어떠한 자세인지, 그런 자세를 우리 사회는 왜 승인해버린 것인지, 그러한 자세를 우리 사회는 개선할 수 있는지, 개선할 수 있다면 어떻게 개선할 수 있는지 등을 당신과 함께 보았으면 좋겠다. 청소년에 대한 우리 사회의 자세가 이대로 좋은지, 당신이 일러준다면 나로선 영광이다. 단언컨대 앞으로 장이 거듭되면서 당신과 나의 눈은 진실을 목격할 것이다.

2. 게임 시간도 정해주는
대단한(?) 사회

작년까지만 해도 난 컴퓨터 게임을 즐겼다. 얼마나 즐겼는지 종종 밤을 꼬박 새는 바람에 아내에게 야단을 맞기도 했다. 내가 즐기는 게임은 딱 하나였다. '버블 파이터'. 귀여운 캐릭터들이 물총으로 싸우는, 청소년들이 무척 많이 하는 게임이다.

게임하다 만난 전우의 결혼식 주례를 서다

게임을 자주 하다 보니 알게 된 사실이 있다. 이 게임을 하는 어른들이 적지 않다는 것. 20대 대학생, 슈퍼마켓 하는 아줌마, 집에서 생활하는 장애 청년, PC방 사장, 아이를 키우는 주부, 게임 캐릭터를 공유하는 30대 부부 등이다.

게임을 하다 보면 "나이가 몇 살이냐, 뭐 하는 사람이냐" 물어볼 때가 있다. "내 나이는 48세이고, 목사이자 작가"라고 하면, 크게 두 가지 반응이다. 첫째 반응은 "진짜예요? 우와 신기해요. 어떻게 그런 분이 이런 게임을 해요?"다. 둘째 반응은 "뭐라고? 웃기고 있네. 니가 목사면 나는 니 애비다"라는 것이다.

이 게임을 하다가 만난 40대 초반의 총각은 내 집에 놀러와 자신이 게임에 빠져 살 수밖에 없었던 이픔을 이야기했다. 마치 신부(神父)에게 고해성사라도 하듯이 말이다. 그런 그가 1년이 지난 어느 날, "형님, 저 결혼해요. 주례 좀 서주세요"라고 전화를 해왔다. 이래 봬도 나는 무려 '게임하다 만난 전우의 결혼식 주례를 서 준 목사'다.

이렇게 온갖 사연을 창조해내는 게임을 하다 보니 청소년 친구들도 많이 생겼다. 그들은 나를 '쥐소탕 삼촌' 또는 '쥐소탕 아찌'라고 불렀다(이렇게까지 하는 것은, 혹 이 책을 보게 될 나의 옛 전우들을 지면으로나마 만나고자 함이다). '쥐소탕'은 나의 캐릭터 닉네임이다. '쥐소탕'이란 '쥐를 소탕하자'는 말의 준말이다(귀 있는 자는 알아들을지어다. 하하하).

12시만 되면 휴거하듯 사라지는 아이들

밤늦게 게임을 같이 하다가, 12시가 되면 갑자기 사라지는 캐릭터들이 있었다. 신데렐라도 아닌데, 12시만 되면 사라지곤 했다. 그들은 바로 '청소년' 즉 '만16세 미만의 사람'들이었다.

뒤에 알고 봤더니, 나의 전우들이 갑자기 사라진 건 바로 '셧다운제' 때문이었다. 그 법을 일명 '신데렐라법'이라고도 하는 걸 보면 전우가 갑자기 사라지는 당황스러움을 나만 느낀 건 아닌가 보다. '신데렐라법'은 청소년보호법 제26조를 뜻한다. 2011년 11월 20일부터 효력이 발휘된 이 조항의 골자는 '인터넷 게임의 제공자는 만16세 미만 청소년에게 자정부터 오전 6시까지 인터넷 게임을 제공하면 안 된다'라는 것이다.

이 법이 생기게 된 건 두 사건의 영향이 크다. 첫째는 2011년 1월 14일 만삭의 아내를 목 졸라 죽인 30대 남성의 사건이다. 둘째는 2010년 11월 16일 게임중독에 빠진 중학생이 자신을 나무라는 어머니를 목 졸라 살해한 뒤, 자신도 스스로 목숨을 끊은 사건이다. 두 사건의 배후(?)로 '게임중독'이 지목되었고, 전국은 들끓기 시작했다. 학계에서는 "게임중독은 마약과 같이 심각한 중독"이라고 의견을 내놓았다. 상황이 이렇게까지 악화되면서 여성가족부를 중심으로 청소년들의 게임중독을 막을 방안을 찾아야 했고, 여기서 등장한 것이 셧다운제였다.

셧다운제 찬반논쟁의 역사

이 글을 쓰는 나에게 "당신은 보나마나 '셧다운제'를 반대하겠지?"라고 물을 수 있다. 그 질문에 대한 나의 답은 "예"도 아니고 "아니오"도 아니다. 무슨 귀신 씻나락 까먹는 소리냐 하실 게다.

사실 세상에 '완전한' 법은 없다. 모두 양면이 있다. 실행을 했을 때 좋은 점도 있고 나쁜 점도 있다. 누구에겐 이익이지만, 누구에겐 불이익일 수도 있다. '셧다운제' 또한 마찬가지다. '셧다운제'가 발효된 후 우리 사회의 찬반논쟁은 뜨거웠다.

찬성 측의 주장의 핵심은 '셧다운제'의 목적과 동일하다. 셧다운제는 "청소년에게 유해한 매체물과 약물 등이 청소년에게 유통되는 것과, 청소년이 유해한 업소에 출입하는 것 등을 규제하고, 청소년을 유해한 환경으로부터 보호, 구제함으로써 건전한 인격체로 성장할 수 있도록" 한다는 것이다. 말하자면 '청소년의 정신건강과 육체건강을 보호자인 어른들이 지켜야 할 책임과 의무가 있다'는 거다.

반면, 셧다운제를 반대하는 핵심 진영은 청소년도 학부모도 아니다. 셧다운제로 밥줄이 줄어들 걸 염려한 게임업체들이다. 2014년 4월에는 게임업체 13곳이 '셧다운제는 위헌'이라고 헌법소원을 냈다. 16세 미만의 청소년을 자녀로 둔 학부모 3명도 함께했다. 하지만 2014년 4월24일 헌법재판소는 '합헌 7명, 위헌 2명'으로 이를 부결했다. 당시 위헌이라고 판결내린 김창종·조용호 재판관은 "전근대적이고 국가주의적이고 행정편의적인 발상에 기초한 것으로, 문화에 대한 자율성과 다양성 보장에 반해 국가가 지나친 간섭과 개입을 했다"라고 소수의견을 냈다.

현재까지 우리나라 헌법재판소의 공식 판결은 '셧다운제는 합헌'이라는 것이다. 이 판결이 과연 올바른 것인지는 우리 사회가 다시 풀어야 할 숙제다.

셧다운제, 찬성도 반대도 아닌 이유

여기서 잠깐, 셧다운제 찬반논쟁의 역사 속에서 재미있는 에피소드가 있다. "셧다운제는 부모의 양육권과 교육권을 침해한다"라는 주장이다. 자녀를 키우는 것은 전적으로 부모의 권리이자 의무인데 이를 정부에서 지나치게 규제한다는 것이다. 2014년 9월 정부에서는 "학부모가 원할 경우 셧다운제 적용을 해제할 수도 있다"라는 입장을 밝히기도 했다.

이 에피소드가 정말 재미있다는 이유가 뭘까. 눈치 빠른 당신은 이미 눈치챘으리라. 그렇다. 학부모들이 '셧다운제'를 문제 삼는 것은, 청소년이 아닌 학부모들의 권리 때문이었다. 정부가 셧다운제를 해제할 수 있다고 한 것도, 청소년 당사자가 아니라 학부모들이 원할 경우였다. 이렇게 하는 근본적인 이유는 뒷장에 가서 밝히겠지만, 이건 좀 아니지 않은가.

셧다운제에 대한 나의 입장은 찬성도 반대도 아니다. 내 답은 바로 청소년 당사자들에게 의사를 물어보라는 것이다. 이것이 이 책을 통틀어 말하고자 하는 바이기도 하다.

어른들은 이렇게 말하리라. 청소년 당사자에게 물으면 십중팔구 셧다운제를 반대할 게 분명하다고. 과연 그럴까? 실제로 각 학교에서 실시한 '청소년들의 셧다운제 찬반토론'에서, 찬반양론이 팽팽하게 나뉘었다는 보고를 굳이 예로 들지 않아도, 청소년들은 그 나름으로 현명하다. "청소년들에겐 굳이 안 물어봐도 답이 뻔하다"라는 자세는, 나와 당신이 돌아봐야 할 대목이다. 청소년들 스스로 '셧다운제 찬반토론'을 하게 하고, 거기서 나온 결론이 무엇이든 받아들이는 사회를 꿈꿔본다.

3. 청소년은
주민이 아니다

단도직입적으로 당신에게 묻자. 청소년은 국민인가? 엉뚱한 상식을 가진 당신이 아니라면, 당연히 '예'라고 할 거다. 다시 묻자. 청소년은 주민인가? 당신은 '예'라고 할 수도 있고, '아니오'라고 할 수도 있다. 왜 그럴까? 무슨 차이일까?

청소년을 배려하는(?) 사회

주민이란 '마을에 거주하는 사람'이다. 이 단순한 의미로만 보면 당연히 청소년도 주민이다. 그래서 그런지 마을만들기사업을 이야기하는 곳엔 항상 '청소년'이 핵심주제로 떠오른다. "아이 하나를 키우기 위해 온 마을이 나서는 세상"을 말하면서 감정적으로 벅차하기도 한다.

청소년(또는 아이들)은 마을만들기사업에서 세 가지로 활용되곤 한다. '보육, 교육, 안전'이 바로 그것이다. 젊은 부부들은 '공동육아'에 온통 신경을 쓴다. 적절한 환경과 시스템을 연구한다. 이를 위해 서로 네트워킹하고, 연구하고, 시스템을 만든다.

좀 더 나이가 있는 청소년들을 위해선 적절한 교육환경을 고려한다. 청소년들이 마을사업을 위해 벽화 그리기를 같이하고, 마을청소를 같이하고, 마을행사에서 일손을 돕기도 한다. 청소년들이 공부하고 놀기 좋은 곳을 생각하며 마을을 디자인한다. 이때도 네트워킹과 연구실행을 위한 모임은 활성화된다.

여기서 좀 더 나아간다면, 청소년들의 안전을 염두에 둔다. 청소년들의 안전한 귀가는 최고의 우선순위에 위치한다. 여기엔 어두운 마을 밤거리에 어슬렁거리는 '나쁜(?) 친구들과의 접촉 금지'도 포함된다. 이러한 안전 추구는 사실 청소년뿐만 아니라 어른 자신들을 위한 배려이기도 하다.

청소년은 '대상'인가, '주체'인가

여기까지 보면, 뭐가 문제인가 싶다. 어른도 청소년도 행복한 마을이 아닌가. 마을만들기사업의 중심 이슈에 '청소년'이 자리 잡고 있으니, 고마운 일이 아닌가.

단도직입적으로 말하자면, '청소년을 위한' 마을만들기사업은 청소년의 보호자(부모, 교사, 지역 어른)들의 필요에 의해 만들어진 것이다. '청소년'을 매개로 모인 어른들의 모임인 게다. 그런 곳에서 청소년들은 사업의 '주체'가 아니라 '대상'이다.

마을만들기사업에서 청소년이 직접 참여하여 의견을 내고, 그 의견을 반영하여 마을 전체를 바꾸었다는 사례가 있는가? 마을에서 지속적으로 청소년들이 마을을 비판하고 결정하는 구조가 있는가? 적어도 '청소년을 위한다'는 사업만이라도, 청소년이 의사결정에 주체적으로 참여할 수 있는가?

이런 마을을 아직 본 일이 없다. 사실 마을의 의사결정 구조는 지역사회에서 '방귀깨나 뀌는 사람'들이 차고앉아 있다. 마을에서 비교적 안정적인 재산과 집을 소유한 사람들이 목소리를 내는 곳이다. 그렇지 못한 사람들(세입자 그리고 청소년)은 참여하기 쉽지 않다.

심지어 '청소년을 위한다'는 사업조차도

'청소년수련관을 짓기 위한 주민공청회'와 '청소년센터를 짓기 위한 주민간담회'에서 청소년을 본 적이 없다. 심지어 내가 사는 안성교육지원청에서 실시하는 '청소년 공간을 위한 주민간담회'에도, 나를 비롯한 어른들만 초청되었다.

그래서 청소년에게는 주민등록증(주민등록법의 규정에 의하여 **대한민국 국민으로서 국내에 주소지를 둔 거주민**임을 밝히는 증명서)조차 발급되지 않는가 보다. 주민등록증은 1962년 5월 10일 제정된 주민등록법에 의해, 해당 주소지의 시장·군수 또는 구청장이 관할구역 안에 주민등록이 된 사람 가운데 17세 이상의 사람에게 발급하는 신분증이다.

다시 당신에게 묻자. 청소년은 주민인가? 바로 앞장에서 말한 대로 '셧다운제에 참여해 청소년들 스스로 셧다운제 찬반토론을 하게 하고, 거기서 나온 결론이 무엇이든 받아들이는 사회'라면 모를까, 아직 우리 사회는 당당하게 '예'라고 대답하지 못하고 있다.

4. 우리나라에
'청소년 음주금지법'은 없다

이 책 제목 『'19금'을 금하라』와 직접 연관이 있는 '청소년 음주' 이야기다. 우선 두 가지를 확실히 해두자. '청소년 음주'가 이 책의 핵심 주제는 아니라는 것 그리고 '청소년은 음주를 해도 된다'고 권장하는 게 아니라는 게다. 이 두 가지를 군이 먼저 이야기하는 것은, 쓸데없는 오해로 인해 당신과 나 사이의 신뢰가 흐트러지지 않기를 바라서다. 그럼에도 술 문제를 이야기하는 것은 '청소년의 음주' 자체보다 '청소년의 음주를 대하는 우리 사회의 자세'를 짚어보기 위해서다.

청소년 음주 자체를 죄악시하는 사회는 아니다

우선 법적으로 우리나라에는 청소년의 음주를 금하는 법이 없다. 다만, 청소년에게 술을 판매하는 행위를 금지하는 법이 있다. 이 둘의 혼동으로 인해 '청소년의 음주' 자체를 우리 사회가 금기시하고 있다고 생각하기 쉽다.

청소년은 자기들끼리 숨어서 술을 마신다. 마치 범죄자들이 몰래 숨어서 범죄를 저지르는 것처럼. 일부 어른들도 청소년의 음주 자체를 탓하고 야단친다. 하지만, 분명히 말하건대, '청소년의 음주'에 대한 개인적인 의견과 취향은 엇갈릴 수 있지만, 우리 사회가 합의한 공식적인 입장은 '청소년의 음주 허용'이다.

이런 공식적인 입장이 우리 사회에 합리적으로 소통되지 않으면 불필요한 논쟁과 오해가 있을 수 있다. 어른과 청소년 사이에 음주로 인한 소통의 벽이 생긴다. 청소년들은 죄책감과 피해의식이 생긴다. 수많은 가정에서 '청소년의 음주' 문제로 인해 관계가 깨어진다.

예로부터 우리 사회는 "술은 어른에게 배워야 한다. 특히 집에서 아버지에게 배워야 한다"라는 통념이 있다. 이 말은 '청소년이 음주를 가정에서 배우는 것은 미덕'이라는 의미다. 우리 사회는 적어도 '청소년의 음주' 자체를 금기시한 적은 단 한 번도 없었다.

우리나라의 청소년 주류 판매금지 조항은 어디에?

사실 우리 사회에서 문제가 되는 것은, '청소년의 음주'가 아니라 '청소년에게 주류를 판매하는 행위'다. '19금'은 '19세 미만의 청소년이 술을 마시는 것을 금지'하는 게 아니라 '19세 미만의 청소년에게 술을 사고파는 것을 금지한다'라는 뜻이다. 바로 다음 장에서 이야기될 '청소년 흡연'도 마찬가지다.

우리 사회에서 '청소년 주류 판매금지'의 근거 법조항은 '청소년보호법'이다. '청소년보호법' 28조 4항에는 다음과 같이 되어 있다(뒷장에서 '청소년보호법'의 실상도 파헤쳐볼 것이다).

"다음 각 호의 어느 하나에 해당하는 자가 청소년유해약물 중 주류나 담배를 판매·대여·배포하는 경우, 그 업소에 청소년을 대상으로 주류 등의 판매·대여·배포를 금지하는 내용을 표시하여야 한다. 다만, 청소년 출입·고용금지업소는 제외한다."

각국의 '주류 구입 허용 연령'과 '음주 허용 연령'

그렇다면 외국의 경우는 어떨까?

음주 허용 연령은 이와 또 다르다.

미국에서는 대부분의 주에서 만21세 전에 술을 구입하거나 소지 또는 마시는 행위를 금지하고 있다. 미국의 성인 기준은 '만18세'인데, 성인이 되어도 3년 동안 술의 구입은 물론 음주 자체를 법으로 금지하고 있다.

캐나다도 독특하다. 캐나다는 음주가 허용된 곳에서만 술을 마실

각국의 주류 구입 허용 연령

허용 연령	나라
만16세	쿠바, 오스트리아, 벨기에, 덴마크, 독일, 스위스 등
만17세	브루나이, 키프로스, 몰타 등
만18세	호주, 영국, 터키, 스페인, 러시아, 네덜란드, 이탈리아, 프랑스, 싱가포르 등
만19세	캐나다, 카타르, 대한민국 등
만20세	파라과이, 일본, 태국, 아이슬란드 등
만21세	카메룬, 미국, 인도네시아, 카자흐스탄, 오만 등
제한 없음	세네갈, 캄보디아, 베트남 등

수 있다. 앨버타 주, 매니토바 주, 퀘벡 주에서는 만18세에 음주가 가능하고, 그 외의 주에서는 만19세가 되어야 음주가 가능하다. 이처럼 캐나다 또한 음주 자체를 법으로 다루고 있다.

체코, 프랑스, 그리스, 이탈리아, 네덜란드, 러시아 등 유럽에서는 음주 허용 연령에 제한이 없지만, 주류 구입 금지 연령은 만18세이다.

그렇다면 우리나라는 어디쯤 위치하고 있을까? 체코, 프랑스, 그리스, 이탈리아 등 유럽의 시스템과 비슷하다. 음주 허용 연령은 제한이 없지만, 주류 구입에 금지 연령이 있다. 만19세 미만인 청소년(0세~만18세)은 법적으로 주류 구입이 금지되어 있다.

'청소년 주류 구입금지'는 권위주의적인 발상

마지막으로 이 나라들을 주목하고자 한다. 주류 구입이나 음주 자체를 아예 금지하고 있는 리비아, 소말리아, 아프가니스탄, 브루나이, 쿠웨이트, 사우디아라비아, 예멘 등의 나라들이다.

이 나라들은 대부분 이슬람 국가로서, 남성 중심의 권위적인 사회다. 음주 자체를 금기시하거나, 주류 구입을 금기시하는 나라들은 하나같이 청소년 인권은 물론, 여성 인권이 바닥인 나라들이다. 이런 나라들은 '성을 금기시하는 특징'을 공통적으로 갖고 있다.

개인의 자유를 법으로 강제하는 사회는 항상 '인권 탄압의 위험'에 노출되어 있다. 우리 사회의 '청소년 주류 구입 금지법'이 권위적인 사회의 산물이며, 청소년 인권을 억압하는 시스템이 아닌지 돌아볼 일이다.

5. 청소년은 담배를 살 순 없지만 피울 순 있다

당신 눈앞에 청소년이 있다. 그가 담배를 꺼내 뻐끔뻐끔 피고 있다. 당신은 그런 그가 눈에 거슬리는가, 아니면 그럴 수도 있다고 생각하는가. 대부분 우리나라 어른들은 거슬린다고 말한다.

'맞담배'보다 '맞술'이 더 위험하지 않은가?

우리나라 어른들은, 어두운 마을 놀이터에서 청소년들이 삼삼오오 모여 담배를 피우고 있으면, "어린 노무 새끼들이~~"로 시작하는 오지랖을 발휘하곤 한다. 물론 오지랖을 잘못 발휘하면 신상에 스크래치가 날 수도 있다. 이런 이유로 아니꼽지만 참는 어른이 대다수다. 무서운 10대를 건드렸다가, 제 명까지 못 살 것 같아서다.

최근 나의 지인(초등학교 교사)은 그리스로 해외여행을 다녀왔다. 그는 그리스 여행에서 딱 한 가지가 너무나 마음에 들었다고 했다. 바로 흡연이다.

그의 리포트에 의하면, "그리스는 가정에서나 어디에서나 아이와 어른이 맞담배를 자유롭게 피우더라"라는 것이다. 그는 "어디에서나 담배를 원 없이 피울 수 있어서 정말 좋았다"라고 고백했다.

가까운 일본만 해도 어른과 청소년의 맞담배를 제재하지 않는다. 반면에 '맞술'을 자제시킨다. 사실 합리적으로 따져보면, '맞담배'보다 '맞술'이 더 위험하고, 혼란스러울 수 있다. '맞담배'는 서로의 관계를 해치지 않는다. 하지만 '맞술'이 지나치면 개가 될 수 있다. '개'가 되면, '에미, 애비'도 몰라볼 수 있다. 또 어른과 아이의 '맞술'은 약속하지 않은 '야자타임'을 초래할 수도 있다.

그럼에도 우리 사회는 청소년이 어른에게 "담뱃불 좀…"이라고 했다가 "이런 호로자식, 에미 애비도 없는 놈, 개 상놈"이라고 욕을 먹기 십상이다.

맞담배에 민감한 이유, 알고 보니…

이상하다. 왜 유독 우리나라 어른들은 술에는 관대해도 담배엔 민감할까? '청소년과의 맞담배'에 왜 그렇게 민감하게 반응할까?

조선시대는 유교적 신분제 사회였다. 반상의 원리가 그 사회의 주요 시스템이었다. 반상의 원리란 '사람은 태어날 때부터 신분이 정해져 있다. 그 신분은 크게 양반과 상놈으로 구분된다. 이 구분은 죽을 때까지 변할 수 없다'라는 것이다.

이런 사회에선 사람의 외관을 중요하게 여긴다. '머리에 무엇을 쓰느냐, 옷은 무엇을 입느냐, 신발은 어떤 것을 신느냐, 사는 집의 규모는 어떠하냐' 등이 그 사람의 신분을 표시해준다.

조선시대의 양반은 대체로 이런 외관이었다. 머리엔 갓을 쓰거나 사모관대를 한다. 옷은 도포를 입거나 관복을 입는다. 신발은 고무신이나 목화(벼슬아치들이 신던 신발) 등을 신는다. 행동에도 제한이 있었다. 양반은 바빠도 뛰지 않는다. 굶어죽을 지경이 되어도 농사를 짓거나 장사를 하지는 않는다. 먹을 게 없어도 글을 읽는 것을 게을리해선 안 된다.

긴 곰방대(담배)를 물고, 뒷짐을 지고 다니는 것이 그 시대 양반들의 일상적인 모습이었다. 이런 사회에서 머슴이나 상놈이 곰방대를 물고 양반 앞에 설려면, 목숨이 몇 개나 되어야 가능했다. 양반의 권위에 도전하는 행위였고, 나아가서 그런 원리를 기반으로 하는 사회에 대한 역행적 행위였다.

이런 이유들로 인해 우리 사회는 유독 '맞담배'에 민감한 사회가 되지 않았을까 싶다. 역시 권위주의적인 발상에서 출발했다.

이쯤에서 세계 각국은 어찌하고 사는지 살펴보자.

각국의 담배 구입 허용 연령

허용 연령	나라
만14세	예멘, 팔레스타인, 이라크, 콩고공화국, 말라위, 이집트, 타지키스탄 등
만15세	오만, 소말리아, 카메룬, 아프가니스탄 등
만16세	방글라데시, 오스트리아, 모로코, 벨기에 등
만17세	북한 등
만18세	영국, 스페인, 노르웨이, 네덜란드, 이탈리아, 독일, 프랑스, 덴마크, 필리핀 등
만19세	대한민국 등
만20세	일본 등
만21세	쿠웨이트 등

'담배 구입 허용 연령'은 '흡연 허용 연령'과는 별개다. 이 둘을 혼합해서 살펴보면 다음과 같다.

캐나다는 주별로 흡연 허용 연령이 다르다. 보통 만 18세~19세가 되어야 흡연 및 담배 구입이 가능하다. 캐나다에서 가장 흡연율이 낮은 '브리티시 콜럼비아' 주는, 흡연자 비율을 더욱 줄이기 위해 흡연 허용 연령을 21세 이상으로 높일 것을 검토하고 있다.

영국의 잉글랜드와 웨일즈에서는 만16세가 되면 흡연이 가능하다. 이 나라들은 청소년 흡연 문제를 해결하기 위해 2007년 10월 법을 개정하여 담배를 구입할 수 있는 연령을 두 살 높였다.

미국은 2016년에 청소년 흡연율을 낮추기 위해 흡연 허용 연령을 만18세에서 만21세로 상향조정했다. 21세까지 담배를 피우지 않으면 이후에도 흡연할 가능성이 크게 낮아진다는 세계보건기구의 연구 결과와 권고를 따른 것이다. 미국은 흡연 허용 연령과 담배 구입 허용 연령이 18~21세까지 주별로 각각 다르다.

싱가포르는 흡연율이 13%로 세계에서 가장 낮은 나라다. 싱가포르의 흡연 허용 연령은 만18세다. 흡연율을 더 낮추기 위해 법적 흡연 가능 연령을 만 21세로 대폭 상향하는 정책을 추진 중이다. 만일 미국과 싱가포르의 예를 든 것 때문에, 이 책의 본 의도(?)와 달리, 우리나라 담배 구입 허용 연령이 상향 조정되더라도, 그것 또한 운명이다. 우짜겠노. 하하하하.

담배 구입 허용 연령이 투표 연령(?)

우리나라의 공식 입장은 '담배 구입 허용 연령은 만19세 이상이지만, 흡연 연령은 제한이 없다'라는 것이다. 영국, 스페인, 노르웨이, 덴마크, 독일 등 유럽과 비슷하다. '음주와 흡연에 대한 법'만큼은 '유럽 선진국형'이다. 단 우리나라는 유럽과 달리 흡연자를 범죄자 취급(?)하는 분위기가 문제일 뿐.

이렇다 보니 술과 마찬가지로 '청소년은 스스로 담배를 사서 피울 수는 없지만, 어른이 사온 담배를 피우는 건 문제가 되지 않는다'라는 공식이 성립한다. 그래서 청소년이 어른에게 담배를 사다 달라고 요구하거나, 청소년을 상대로 정가에 구입한 담배를 고가에 팔아넘기는 어른도 생겨나고 있다.

어쨌거나 앞장에서 살펴본 '각국의 음주문화'와 지금 살펴본 '각국의 흡연문화'를 통해 우리는 알 수 있다. 우리 사회에서 합의한 '술과 담배에 대한 19금'은 절대적인 게 아니라 상대적이라는 것을. 사회마다 합의하기 나름이라는 것을.

그럼에도 '청소년 흡연금지'의 이유가 '건강에 해롭다'는 이유뿐이라면, 청소년과 성인에게 똑같이 적용되어야 맞다. 청소년이라고 차별을 두는 건 형평성에도 맞지 않고, 우리나라 현행법상으로도 맞지 않다.

여기서 잠깐. 우리나라에서 '술과 담배 구입 허용 연령'이 동일하다는 것, 더 나아가 그 허용 연령이 '선거권을 가질 수 있는 나이' 즉 '투표 허용 연령'과 동일한 것은 우연이 아니다. '술과 담배 구입 허용 연령'과 '투표 허용 연령'의 사회적 역학관계는 밀접하다.

　여기서 우리는 '투표하지 않는 사람은 자신의 권리를 행사할 수도 없고, 자신의 신상 문제조차 스스로 결정할 수 없다'는 간단한 사회적 공식을 발견한다. '청소년 선거권'의 문제는 뒷장에 가서 좀 더 자세하게 다루겠다. 하여튼 담배 구입 허용 연령을 제한하는 것 또한 권위적인 냄새가 솔솔 풍긴다.

6. 청소년의 결혼이 가능하려면
운전면허부터 가능해야

당신은 영화 『꼬마 신랑』을 아는가. 안다면 당신은 '아재 세대'다. 그 영화는 1971년에 이규웅 감독이 만들었다. 조선시대에 10세의 꼬마신랑(김정훈 분)과 17세의 신부(문희 분)가 결혼하여 만들어가는 에피소드를 다룬다. 어린 시절, 참 재밌게 본 영화다. 이런 우리 민족이 언제부터 결혼 연령이 늦춰졌을까?

조선시대엔 '남자 중3, 여자 중2' 때 결혼했다

삼국시대와 고려시대에는 거의 10대에 법적으로 결혼이 허용되었다. 조선시대 『경국대전』에는 결혼연령을 '남자 15세, 여자 14세'라고 못을 박았다. 부모가 늙고 병들었다면 12세에도 결혼할 수 있었다. 예법서인 『주자가례』에서는 '여자 14~20세, 남자 15~30세'를 결혼적령기라고 규정하고 있다.

이로써 당시 우리 민족의 법정 결혼 평균 연령(남자 18세, 여자 15세)

이 오늘날에 비해 아주 낮았다는 것을 알 수 있다. 생각해보라. 12세면 초등학교 5~6학년이다. 남자 15세면 요즘 중3~고1이고, 여자 14세면 중2~중3이다. 아주 파격적인 나이다. 물론 그 시절엔 현대보다 평균수명이 훨씬 낮았다는 걸 감안해야 한다.

이런 풍습이 완전히 뒤엎어진 것은 '갑오개혁' 때다. 갑오개혁은 1894년부터 1896년까지 3차에 걸쳐 추진된 일련의 개혁운동이다. 이 때 '조혼(어린 나이에 결혼) 금지' 조항이 들어갔다.

하지만, 1920년대 자료들은 '15세 이상 20세 미만의 결혼이 전체 결혼의 3분의 2나 되었다'라고 보도하고 있다. 갑오개혁의 '조혼 금지' 조항은 그리 힘을 발휘하지 못한 듯하다. 사실 광복 전후만 해도 10대에 결혼한 사람들이 꽤 되었다.

세계 각국의 결혼 허용 연령

그렇다면 현재 세계의 여러 나라 중 '법적 결혼 허용 연령'이 가장 낮은 곳은 어디일까? 재미를 위해 객관식으로 내보겠다. '1번 중국, 2번 사우디아라비아, 3번 인도, 4번 과테말라'. 정답은 바로 '3번 인도'다. 인도는 9세만 되면 결혼할 수 있다.

사실 더 충격적인 것은 이슬람 사회다. 사우디아라비아의 결혼문제 담당관인 아흐마드 알 무비 박사는 2008년 6월 19일 레바논 LBC

TV에 출연해서 "이슬람 사회의 결혼 연령에는 제한이 없다. 심지어 1세도 가능하다. 그런 전통은 마호메트에게서 유래한다. 마호메트는 6세 신부 '아이샤'와 결혼했다. 그녀가 9세가 되던 해에 성관계를 했다"라고 말했다. 법적 결혼 연령은 있지만, 관습적으로는 아주 일찍 결혼한다.

이쯤에서 세계 각국의 법적 결혼 허용 연령을 알아보자.

세계 각국의 결혼 허용 연령

허용 연령	나라
만9세	인도
만14세	스페인, 미국(뉴욕주, 노스캐롤라이나주, 알래스카주 등)
만15세	코스타리카, 카메룬(남), 슬로베니아 등
만16세	독일, 이탈리아, 포르투갈, 홍콩, 영국, 일본(여), 호주, 캐나다, 뉴질랜드 등
만18세	일본(남), 카메룬(여), 대한민국
만20세	중국 등

우리나라보다 법적 결혼 연령이 낮은 나라들이 상당히 많다는 것을 알 수 있다. 결혼 연령이 낮은 것이 좋다거나 좋지 않다거나 하는 사회적 판단은 제쳐두고, 세계 각국의 상황을 통해 우리나라의 객관적 위치를 볼 수 있다.

대한민국에선 고3도 결혼할 수 있지만…

대한민국은 어떨까? 2007년 법이 개정되기 전까지는 남자와 여자의 결혼 허용 연령이 달랐다. '남자는 18세, 여자는 16세'였던 법이 '남녀 공히 만18세'로 개정되었다. 덕분에 오늘날 우리나라는 청소년도 결혼을 할 수 있다. 민법 제807조에 "만18세 된 사람은 혼인할 수 있다"라고 규정하고 있다. 단, 민법 제801조 1항에서 "미성년자가 혼인을 할 때에는 부모의 동의를 얻어야 하며, 부모 중 일방이 동의권을 행사할 수 없는 때에는 다른 일방의 동의를 얻어야 하고, 부모가 모두 동의권을 행사할 수 없는 때에는 후견인의 동의를 얻어야 한다"라고 못 박고 있다. 즉 고3도 결혼은 할 수 있지만, 보호자의 동의 없이는 불가능하다.

결혼 연령 낮추자는 것보다 선결되어야 할 것

여기까지 함께한 당신은 "그렇다면 결혼 연령을 낮추자는 이야긴가?"라고 물을 수 있다. 지금까지 우리의 이야기가 '결혼 연령'에 초점이 맞춰져 온 건 사실이다. 하지만 무작정 법적 결혼연령을 낮추는 데에는 어두운 그림자가 도사리고 있다.

뉴욕주(14세 이하 청소년도 결혼 가능)의 2000~2010년 통계에 따르면, 18세 이전에 결혼한 청소년은 3,853명에 달한다. 문제는 이들 중 84%

가 미성년자(청소년)가 성인과 결혼한 경우이며, 그중 대부분이 소녀가 남자 성인과 결혼을 한 경우다.

뉴욕의 에이미 폴린 하원의원은 "청소년 결혼의 경우 대부분이 여자이며, 남자나 부모들의 강제에 의한 것"이라고 폭로했다. "이는 심각한 인권 침해이며 신체적·정신적으로 악영향을 미칠 뿐 아니라 지속적인 교육의 기회를 빼앗는 악영향을 끼쳐왔다"고 지적했다. 법적 결혼 연령을 낮추었을 때, 피해를 보는 건 대부분 여자 청소년들이었다는 얘기다.

사실 이 글을 처음 기획할 때는 '결혼 연령을 좀 낮춰보자'라는 의도도 있었지만, 글을 쓰다 보니 그게 능사가 아니란 걸 알게 되었다. 결혼 연령을 낮추는 것보다 더 중요한 건 결혼을 빙자한 '인권 유린'을 막을 '사회적 안전장치'가 먼저라는 것이다.

'사회적 안전장치'의 핵심은 '청소년들의 안정된 경제활동 보장과 제도적 지원'이다. 가난한 여자 청소년이 부유한 남성에게 팔려가듯 결혼하는 것은 막아야 한다. 또, 청소년 나이에 결혼하는 커플에게는 그 가정이 자립할 때까지 제도적 지원이 이뤄져야 한다. 이러한 것들이 선결되어야 '결혼연령을 낮추자'든지, '청소년의 결혼도 허용하라'는 등이 책임 있는 외침이 될 게다.

'결혼연령'보다 더 중요한 건 '독립환경 조성'

법적으로 청소년의 결혼이 가능하다고 해도, 청소년이 먹고살 수 없는 환경이라면 결혼을 하지 말라는 것과 같다. 결혼한 청소년들이 부모에게 얹혀살 게 아니라면 말이다. 그러기 위해선 '청소년의 경제활동'이 가능해야 한다.

그런 의미에서 '운전면허 취득 가능 연령'을 낮추는 게 중요하다. 지금 우리나라 실정에서 밥벌이에 도전하려면 운전면허증이 필수가 아닌가. 운전면허증이 있어야 취업을 하건 자영업을 하건 선택의 폭이 넓어진다. 운전면허의 문을 청소년에게 개방하는 건 참으로 중요하다.

이런 주장이 결코 허황되지 않다는 것은, '세계 각국의 운전면허 취득 가능 연령'을 비교해보면 금세 알 수 있다.

세계 각국의 운전면허 취득 가능 연령

허용 연령	나라
만15세	프랑스, 멕시코, 호주, 뉴질랜드 등
만16세	스웨덴, 콜롬비아, 캐나다, 케냐, 카메룬 등
만17세	네덜란드, 영국, 남아프리카공화국, 아르헨티나, 덴마크, 독일, 이탈리아 등
만18세	이란, 중국, 일본, 알제리, 모로코, 나이지리아, 브라질, 우루과이, 대한민국 등

'세계 각국의 결혼 허용 연령표'와 '세계 각국의 운전면허 취득 가능 연령표'를 비교해보면 한 가지를 발견할 수 있다. '결혼연령'이 낮은 나라들이 대체로 '면허연령'도 낮다는 걸 말이다. 그 나라들은 제도적으로 청소년의 경제적 독립을 지원하고 있는 경우가 많다. 그런 나라들일수록 청소년의 운전면허 취득을 법적으로 보장해주고 있다.

사실 민법 801조 1항의 "미성년자가 혼인을 할 때에는 부모의 동의를 얻어야 하며"는 권위적인 조항이라기보다 현실적인 조항이었다. 우리나라에선 현실적으로 청소년이 경제적 독립을 할 수 없으므로 결혼을 할 때는 부모의 동의를 얻어야 한다. 더 정확히 말하면 부모의 동의를 얻을 수밖에 없었던 게다. 청소년의 생존이 대부분 부모들에게 예속되어 있는 상황에서 '부모의 동의'를 문제 삼기보다는 부모의 동의가 필요없는 사회가 되도록 우리 모두가 노력해야 하지 않을까? 뒤에 가서 구체적으로 언급하겠지만, 사실 청소년의 독립 즉 정신적 독립과 경제적 독립이 가능하지 않은 사회라면, 이 책의 모든 주장은 공허한 메아리가 될 것이다.

7. 휴대폰으로
청소년을 감시하는 어른들

"내 새끼니까 내가 보호하겠다는데 무슨 말이 그리 많아!"

"내 새끼가 잘못되면 당신이 책임질 거야?"

"청소년 인권이니 뭐니 하는 그딴 거 필요 없고, 내 새끼는 내가 지킨다고!"

이렇게 말하는 사람이 설마 당신은 아니시겠지? 여기까지 함께 한 당신이라면 그렇지 않을 거라 믿는다. 어쨌든 일면 타당성도 있어 보이고, 우리 사회의 정서에도 맞아 보이는 이 말들은 과연 괜찮은가?

대단한 청소년 감시법이 대한민국에 상륙했다

2015년 4월 16일, 대한민국의 방송통신위원회는 대단한 법을 하나 개정했다. 바로 전기통신사업법시행령이다. 개정령에 따르면 "청소년 유해매체물 및 음란정보에 대한 차단수단을 제공하여야 한다." 일명 '청소년 스마트폰 감시법'이다.

이 법에 따르면, 보호자가 서비스에 가입한 뒤 부모용과 청소년용 앱을 각각 스마트폰에 내려받으면 자녀의 스마트폰 사용 정보가 실시간으로 보호자에게 통보된다. 만일 자녀가 스마트폰으로 유해사이트 등에 접속하면 접속이 자동 차단되고, 스마트폰 이용시간도 제한된다. 보호자는 자녀의 스마트폰 이용시간을 설정할 수도 있고, 자녀의 현재 위치 정보도 알 수 있다.

일부 앱은 더 자상하게 자녀를 보호(?)해주는 기능이 있다. 자녀가 고민과 관련한 키워드를 인터넷에서 검색한 경우 또는 카카오톡이나 문자에서 학교폭력이 의심되는 대화 내용이 오가는 경우 보호자의 휴대전화로 자동 전달된다. 심지어 유해(?) 사이트가 아닌 일반 사이트에 접속하는 것까지 부모가 차단, 관리하기도 한다.

하지만, 부모도 청소년도 거부하는 법

이에 대해 사단법인 오픈넷이 2016년 8월 30일, 헌법재판소에 헌법소원을 청구했다. 오픈넷은 "청소년 스마트폰 감시법은 청소년의 사생활의 비밀과 자유를 침해하고, 청소년과 법정대리인의 개인정보를 수집, 보관, 이용하기 때문에 개인정보 자기결정권도 침해한다"라고 비판했다.

이어서 오픈넷은 의미심장한 설문조사 결과를 내놓았다. SNS 사용자 564명을 대상으로 실시한 설문조사 결과, 청소년 감시 앱을 강제 설치하는 것에 찬성하는 응답자는 12.6%에 지나지 않았다. 38.7%는 설치 자체를 반대했고, 31.9%는 청소년의 자율에 맡겨야 한다고 했고, 16.8%는 부모의 선택에 맡겨야 한다고 했다.

관리 앱 강제설치에 대한 생각은?

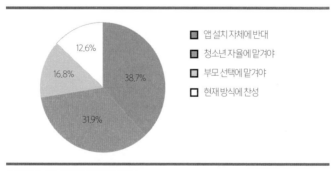

* 자료출처 : 2016년 8월 사단법인 오픈넷

관리 앱은 유해정보 차단에 효과적인가?(%)

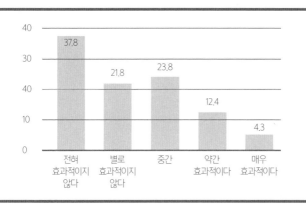

* 자료출처 : 2016년 8월 사단법인 오픈넷

해당 앱의 효과에 대해서도 응답자의 절반 이상이 부정적으로 평가했다. 응답자 중 59.6%는 "효과가 전혀 없거나 별로 없다"라고 답했다. "매우 효과적이거나 약간 효과적"이라고 대답한 사람은 16.7%에 불과했다. 심지어 자녀의 스마트폰에 해당 앱을 설치한 응답자(62명) 중에서도 그 효과에 대해 신뢰하는 사람은 51.6%에 불과했다.

'청소년 보호 앱'인가, '청소년 감시 앱'인가

입장을 바꿔 생각해볼까? 만일 청소년에게 설치한 그런 감시 앱을 당신의 휴대폰에 설치한다면? '당신이 혹시 다단계와 같은 사기성 사이트에 빠져들어 낭패를 볼까 봐, 당신이 혹시 마약 사이트에 접속해서 마약에 빠질까 봐, 당신이 혹시 투자 사이트에 접속해서 전재산을 잃어버릴까 봐, 당신이 혹시 음란 사이트에 접속해서 여성들의 유혹에 빠져 허우적거릴까 봐' 등의 이유로 당신의 휴대폰을 누군가 감시한다면, 그래도 "나를 보호해주니 좋아"라고 말할 수 있을까?

모르긴 몰라도 당신은 길길이 날뛰며, "나의 사생활을 건드리는 자는 절대 용서할 수 없다"라고 할 게 분명하다. 그렇다면, 청소년과 어른의 차이는 도대체 무엇이기에 그러한 법이 청소년에겐 허용된단 말인가. 나이가 어려서? 경제권이 없어서? 선거권이 없어서?

앞서 말한 대로 '청소년 스마트폰 감시 앱'이 효과적이지 않다는 것도, 대다수의 청소년과 보호자들이 그 법을 반대한다는 것도 다행 스럽지만, 이러한 법을 대한민국에서 발의해 실행에 옮겼다는 것이 그저 가슴 아플 따름이다.

'어른들에겐 말도 안 되는 법'이 왜 청소년들에겐 통용되는가. 청소년 자신들에겐 한마디 상의도 없이, 오로지 청소년을 보호해준다는 명목으로 그들의 사생활을 들여다보겠다는 발상 자체가 가능한 우리 사회는 과연 정상적인가. 청소년을 보호해야 할 대상으로만 보는 이 사회는 괜찮은가. 뒤에 가서 그 실상을 논해보기로 하자.

8. 하다하다
전자명찰이 웬말인가

21세기 대한민국에 또 하나의 기상천외한 '청소년 감시 시스템'이
도입되었다. 명목은 '내 아이의 안전한 등하굣길 보장'이었다. 2006년
4월에 과연 무슨 일이 있었던 걸까.

'전자명찰'이 가능한 사회

'전자명찰' 사업이 바로 그것이다. 전자명찰 사업이란 초등학생 청
소년들에게 전자 칩이 들어간 명찰을 휴대하게 하고, 등하교 시 초
등학교의 단말기에 찍으면 학부모의 휴대폰 문자메시지로 전송하
는 시스템이다.

서울시교육청은 2006년 4월 20일 KT와 맺었던 '초등학교 정보화
사업 MOU'에서 전자명찰 사업을 시도했다. 이미 사립 유치원 가운
데 시행되는 곳이 있었고, 학원가에서도 히트상품으로 알려져 있었
다. KT뿐만 아니라 다른 여러 회사에서 경쟁적으로 시장을 넓혀가고

있었다. 그 분위기를 타고 KT는 전국의 초등학교를 상대로 사업을 넓히려고 손을 내밀었던 것이다.

이미 시행되고 있는 학교에선 웃지 못할 풍경이 연출되기도 했다. 교사가 학생들의 전자명찰을 모아 한꺼번에 리더기에 찍어주기도 했고, 등하교 시간에 학생들이 몰리는 바람에 일렬로 쭉 서서 전자명찰을 찍기도 했다.

이 사업의 문제는 세 가지였다

첫째, 초등학생의 안전을 보장해준다는 명목으로 기업의 배를 불리는 사업이었다. 이 사업이 실시되면 학부모는 월 3,000원을 통장에서 지출해야 한다. 한 학교당 학생 수가 1,000명이라면 매달 300만 원이 KT로 지불된다. 당시 서울시교육청이 560개 초등학교를 대상으로 실시하려 했으니, 자그마치 16억 8,000만 원이 매달 KT로 들어가게 되는 셈이었다.

둘째, 개인정보 보호가 되지 않는다. 전자명찰 시스템에 가입하면 학생과 학부모의 인적사항이 그대로 노출되게 된다. 이런 개인정보가 학교가 아닌 기업에 고스란히 유출되어 관리된다는 건 심각한 문제가 아닐 수 없었다.

마지막 문제가 제일 중요하다. 청소년의 인권 침해다. 이 시스템은 청소년의 안전을 지키겠다는 명목으로 일거수일투족을 감시하겠다는 것이다. 유괴범죄가 걱정된다면, 다른 안전장치를 강구했어야 한다. 굳이 안전을 담보로 자유를 통제해야 할까?

다행히 이 사업은 같은 해 5월 8일, 거센 여론에 못 이겨 해지되었다. 하지만, 우리 사회가 청소년을 대하는 근본적 자세가 어떠한지를 고스란히 드러내주었다.

우리 사회는 항상 'UN어린이청소년권리조약'을 놓치고 있다

우리 사회가 청소년 관련 시스템을 만들 때마다 놓치는 게 있다. 'UN어린이청소년권리조약'이다. UN어린이청소년권리조약 제12조에는 "어른이 우리에게 어떤 방식으로든 영향을 주는 결정을 내릴 때 우리에겐 우리의 의견을 말할 수 있는 권리가 있다. 그리고 어른은 우리의 의견을 진지하게 받아들여야 한다"라고 명시되어 있다.

똑똑히 보라. 어른들이 청소년에게 영향을 주는 결정을 내릴 때는 청소년의 의견을 들어야 할 의무가 있다는 말이다. 어른들은 청소년들로 하여금 자신들의 의견을 말하게 해야 한다. 그들의 일이니까. 그들의 의견을 듣고 진지하게 받아들여 그대로 실시할 책임이 어른들에게 있다.

"우리는 사적인 삶을 누릴 권리가 있다"는 것은 UN어린이청소년 권리조약 제16조다. 어른들은 청소년을 보호한다는 명목만 있으면 마구 선을 넘어도 된다는 착각을 하는 경우가 많은 듯하다. 청소년도 어른과 똑같이 '사적인 삶이 있는 인격체'란 걸 모르는 것도 아니면서, 보호해야 한다는 강박관념이 작동하는 순간 그 진실을 망각하는 것 같다. 우리 사회가 **정작 보호해야 할 것은 청소년들의 '안전'이 아니라 청소년들의 '프라이버시'라는 걸 놓치는 것이다.**

"우리에겐 쉬고 놀 수 있는 권리가 있다"는 제31조는 또 한 번 우리를 뜨끔하게 한다. 전자명찰은 스스로 알아서 쉬고 놀 수 있는 청소년의 권리, 즉 '휴식의 자유'를 침해하고 있다. 전자명찰은 '청소년들은 학교와 학원과 집 등 부모가 정한 곳 외에는 일절 가면 안 된다'는 무언의 강요가 집약된 시스템이었다. 그런 코스가 아닌 곳, 예컨대 친구네 집과 놀이터, PC방, 도서관 등에 갈 빈틈은 허락되지 않는다. 학교운동장이나 학교도서관이나 학교체육관 등에 오래 머무는 것도 허락하지 않는다. 정해놓은 등하교 시간에 전자명찰을 찍어야 하기 때문이다.

그게 실현되지 않았으니 다행이라고 하기엔 정말 씁쓸한 일이다. 청소년을 그렇게 대해도 된다는 이런 발상을 어쩌면 좋을까. 청소년에게 행하는 우리 사회의 끊임없는 인권폭력을 어떻게 하면 좋을까.

9. "내도 니 시다바리가?"

　내가 사는 안성에서 청소년들로부터 들은 이야기다. 한 업체가 있다. 모집공고문은 20세 이상 성인을 구한다고 낸다. 하지만 실상은 업무환경이나 월급 등을 고려해서 어른이 아닌 청소년들이 지원할 것을 업주는 안다. 청소년이 지원하면 받아준다. 그런 뒤에 '문제가 생겼다'며 청소년의 임금을 깎거나 주지 않는다. 때가 되면 청소년을 해고한다. 그래도 청소년은 말을 하지 못한다. 업주는 "나는 청소년이 아닌 줄 알고 너를 고용했을 뿐이다. 나를 속인 건 너 자신이다"라고 말한다. 결국 청소년들은 한마디도 못하고, 제대로 된 알바비도 받지 못하고 물러난다. 모두 업주가 기획한 일이다.

우리 사회의 수없이 많은 청소년 노동착취 사례들

　2012년 4월, 여성가족부가 실시한 설문조사에 따르면, 아르바이트 경험이 있는 청소년 중 2011년의 최저임금인 시급 6,030원 이하를 받은 비율은 25.8%였다. 넷 중 한 명은 최저임금도 받지 못한 채 노동을 착취당한 것이다. 또 부당하게 초과근무를 요구받았어도 임금을 아예 못 받거나 적게 받았고, 손님·고용주에게 폭언·폭행을 당했으며, 심지어 성희롱을 당했다는 사례도 상당수 있었다. 특히 '부당한 처우를 받아도 참고 일했다'는 청소년이 65.8%에 달했다. 조사대상 청소년 셋 중 두 명은 참기 힘든 부당한 처우에도 해고가 두려워 어쩔 수 없이 일했던 것이다.

2015년 4월, 대전지역 청소년 아르바이트 실태조사도 주목할 필요가 있다. 이 조사에서도 최저임금을 받지 못한 청소년은 20%였다. 52%의 청소년은 근로계약서조차 작성하지 않았다. 주휴수당을 받지 못한 아르바이트생은 67%였다. 청소년들 중 50%가 휴식시간을 보장받지 못했다. 부당한 대우도 61%나 되었다.

2015년 2월, 인천청소년노동인권네트워크에 접수된 '청소년노동인권 위반 사례' 124건 중 청소년근로자의 법정 노동시간을 준수한 경우는 9건(7%)에 불과했다. 하루 13시간 이상 노동이 41건(33%)에 달했고, 8~10시간 38건, 11~12시간 36건 순이었다.

청소년에 관한 근로기준법을 참고로 보니…

근로기준법 제69조엔 "15세 이상 18세 미만의 청소년은 하루 7시간, 1주일에 40시간을 초과하여 일할 수 없다"라고 되어 있다. 예외적으로 사용자와 청소년 사이에 합의를 한 경우에는 하루 1시간, 1주일에 6시간을 한도로 연장하여 일할 수 있다.('근로기준법' 제69조 단서)

사용자가 18세 미만의 청소년에 대한 근로 가능시간을 위반한 경우에는 2년 이하의 징역 또는 1,000만 원 이하의 벌금에 처해진다.('근로기준법' 제110조 제1호)

18세 미만의 청소년은 오후 10시부터 오전 6시까지의 야간이나 휴일에는 일할 수 없다.(규제 '근로기준법' 제70조 제2항) 다만, 청소년의 동의가 있고, 관할 지방고용노동관서의 장이 인가한 경우에는 오후 10시부터 오전 6시까지의 야간이나 휴일에도 일할 수 있다. (규제 '근로기준법' 제70조 제2항 단서 및 '근로기준법 시행령' 제59조 제8호)

18세 미만의 청소년이 야간이나 휴일에 일을 하려면 사용자가 관할 지방고용노동관서의 장에게 아래의 서류를 제출하여 야간 또는 휴일근로의 인가를 받아야 한다. (규제 '근로기준법 시행규칙' 제12조 제1항)

사용자가 18세 미만의 청소년에 대한 야간근로와 휴일근로의 제한을 위반한 경우에는 2년 이하의 징역 또는 1,000만 원 이하의 벌금에 처해진다. ('근로기준법' 제110조 제1호)

예외적으로 다음의 일을 하는 경우에는 청소년의 근로 가능시간이 적용되지 않는다. (규제 '근로기준법' 제63조, 규제 '근로기준법 시행령' 제34조, 규제 '근로기준법 시행규칙' 제10조 제4항)

- 토지의 경작·개간, 식물의 재식(栽植)·재배·채취 사업, 그밖의 농림 사업
- 동물의 사육, 수산 동식물의 채포(採捕)·양식 사업, 그밖의 축산, 양잠, 수산 사업

근로기준법을 잘 알아야 학부모나 청소년 자신이 어떤 부당한 대우를 받고 있는지 알게 될 테니, 다시 한번 더 꼼꼼히 챙겨보길 바란다.

우리는 청소년을 '삐끼, 앵벌이, 시다바리' 정도로 보는가

근로기준법에 버젓이 나와 있어도, 우리 사회에서 저질러지는 청소년 노동착취와 인권 침해 사례는 태산을 이룬다. 이런 사례들을 접하다 보면, 우리 사회가 청소년들을 삐끼나 앵벌이 또는 '시다바리' 정도로 생각하는 게 아닌가 싶어진다.

삐끼란 "음식점이나 유흥업소 따위에서 손님을 끌어들이는 사람을 속되게 이르는 말"이다. "불량배의 사주를 받아 어린아이가 구걸이나 도둑질 따위로 돈벌이를 하는 짓"을 속되게 이르는 말이 '앵벌이'다. '시다바리'는 "온갖 허드렛일을 도맡아 하는 아랫사람 혹은 '머

습, 종'과 같은 의미의 일본말"이다. 노동현장에서 청소년은 언제나 주역이 아니라 삐끼요 앵벌이요 '시다바리'다.

영화 『친구』 속 동수(장동건 분)는 준석(유오성 분)에게 이렇게 말한다. "내가 니 시다바리가?" 현실 속 청소년이 어른에게 말한다. "내도니 시다바리가?" "청소년은 미래의 주인공"이라며 입에 발린 소리를해대는 어른들에게 말이다.

10. 이 땅의 청소년들은
자기 힘으로 할 수 있는 게 별로 없다

청소년(학생)이 공부하는 건 의무라고 생각하는 사람은 많다. 하지만, 청소년이 노는 것이 권리라는 걸 아는 사람은 그리 많지 않다. 1989년 유엔아동권리협약에 분명히 "아동(청소년)들이 노는 것은 아동(청소년)의 권리"라고 명시되어 있다.

청소년이 노는 것은 시간 남을 때 해도 되고, 시간 없으면 못하는 옵션이 아니다. 청소년이 노는 것은 단순히 여가활동이 아니라 청소년의 소중한 권리행위다. 우리의 관점이 이렇게 달라지지 않는다면, 우리의 논의는 무의미하다.

노는 것은 청소년의 권리다

2016년, 한국청소년정책연구원에서 다음 표와 같이 의미심장한 발표를 했다.

아동·청소년 평일 하루 여가 시간

(단위: %, 2014년 1만 456명 대상 조사, 2016년 1월 발표)

	초등학생	중학생	일반·특목· 자율고등학생	특성화 고등학생
1시간 미만	17.6	14.8	43.1	13.9
1~2시간	25.4	27.9		21.2
2~3시간	19.2	20.7	31.9	16.5
3~4시간	15.3	16.9		21.1
4~5시간	10.3	9.1	11.2	13.5
5시간 이상	12.2	10.5	6.9 3.9 / 3.0	13.8

*자료출처 : 2016년 1월 한국청소년정책연구원 발표

표에서 보다시피 초등학생의 경우 1시간 미만의 여가시간을 가지는 비율이 무려 17.6%다. 1~2시간은 25.4%다. 43%의 초등학생이 하루 1~2시간밖에 놀지 못한다.

중학생도 1시간 미만 14.6%, 1~2시간 27.9%, 도합 42.5%다. 고등학생은 1~2시간의 여가시간을 가지는 비율이 43.1%다. 우리나라 초중고생의 약 43%가 1~2시간밖에 놀지 못한다. 하루 24시간 중 겨우 2시간을 자기시간으로 보내는 게다.

위의 표에서 당신의 자녀는 어떤 위치에 있는가. 당신의 조카나 친척은? 혹시 이 글을 보는 당신이 청소년이라면, 어디에 위치하고 있는가? 당신이 청소년을 지난 지 얼마 안 되는 청년이라면, 당신의 청소

년 시기 때는 어땠는가?

창의력은 뭔가 열심히 할 때 발휘되는 게 아니다. 게으르게 놀 때 창의력이 발휘된다. 그것도 무한대로 말이다. 여가시간은 자신을 재창조하는 시간이다. 우리가 흔히 '오락시간'이라고 알고 있는 '레크리에이션'의 뜻이 '재창조'란 것은 우연이 아니다.

반면 우리나라 학생들의 수업시간은 OECD 국가 중 가장 많은 것으로 드러났다. 국제아동기구 유니세프가 2009년 29개국을 대상으로 조사한 결과, 우리나라 아동·청소년의 학업스트레스 지수가 50.5%로 가장 높았다. 이는 전체 평균 33.3%보다 무려 17.2%포인트 높은 수치다. 이 결과 우리나라 아동·청소년의 행복지수는 조사대상 29개국 중 꼴찌를 차지했다. 당연한 귀결이다.

이렇게 놀지 못한 청소년이 성인이 되면 어떻게 될까? 놀지 못하는 아이는 사회적 단절로 이어질 가능성이 높다. 경희대 오윤자 교수(아동가족학)는 "친구들과 어울려 놀 수 있는 기회를 부모에게 빼앗긴 아이들은 자율적이고 주도적인 삶을 살 수가 없다"라고 말했다. 이어서 "놀 권리를 빼앗긴 아이들은 성인이 되어 늘 가슴속에 분노를 품게 되고, 대인관계에서 불평이나 불만을 갖는 경우가 많다"라고 지적했다. 놀 권리를 빼앗긴 청소년들은 피동적이며, 분노와 불평불만이 많은 어른으로 살아간다는 이야기다.

청소년들의 노는 시간이 적은 것도 문제지만, 그 내용과 질도 문제다. 2016년 2월 서울시가 발표한 아래 자료를 보고 이야기하자.

청소년들은 이렇게 여가활동을 하고 있다. 초등학생의 경우 "집에서 숙제 등 공부를 한다"가 1위다. '학원이나 과외'도 여가활동에 들어간다고 나와 있다. TV나 VOD 시청이 2위와 3위라는 것도 눈에 띈다. 그나마 생긴 여가시간을 TV를 시청하며 보낸다는 이야기다.

스마트폰 게임이나 스마트폰 활동이 골고루 분포되어 있는 것도 눈여겨볼 만하다. 2016년 통계청에 따르면, 우리나라 아동청소년이 주말에 가장 많이 하는 것은 'TV 및 VOD 시청'(61.4%)과 '컴퓨터 게임'(48.7%)이다. 아동청소년들은 주중에는 55분, 주말 및 공휴일

방과후 여가 활동(680명 대상)

	초등학생	중학생	고등학생
1	집에서 숙제 등 공부	스마트폰 SNS 활동	스마트폰 SNS 활동
2	학원이나 과외	학원이나 과외	TV, VOD 시청
3	TV, VOD 시청	TV, VOD 시청	그냥 쉬거나 잠자기
4	스마트폰 게임	집에서 숙제 등 공부	학교에서 자율학습
5	스마트폰 SNS 활동	스마트폰 게임	집에서 숙제 등 공부

에는 98분 동안 스마트폰을 만지면서 보낸다. 오로지 공부를 해야 한다는 의무(?)에 지친 아동청소년에게 스마트폰과 TV가 있는 것은 어쩌면 다행인지도 모르겠다. 그 시간만이라도 숨을 좀 쉴 테니까 말이다.

청소년들이 여행을 제일 선호하는 뼈아픈 이유

하지만 청소년들이 여가시간에 하고 싶은 것은 따로 있었다. 2016년 2월 서울시가 발표한 자료가 그걸 말해준다.

단연 눈에 띄는 것이 '여행 가는 것'이다. 초중고생이 모두 같다. 이로써 우리나라 청소년들에게 있어서 '현실'은 '벗어나고 싶은 답답한

하고 싶은 여가활동(680명 대상)

	초등학생	중학생	고등학생
1	여행	여행	여행
2	친구와의 만남·대화	친구와의 만남·대화	자기계발(어학, 자격증 공부, 학원 등)
3	창작적 취미(미술, 요리, 악기연주 등)	휴식	문화예술공연 관람
4	스포츠 활동	창작적 취미	스포츠 활동
5	휴식	게임	친구와의 만남·대화

그 무엇'이라는 걸 알 수 있다. 현실에서 단 하루라도 벗어나고 싶다고 청소년들은 외치고 있다.

2위에 랭크된 '친구와의 만남과 대화'는 짠하기까지 하다. 학교에서, 학원에서 늘 친구를 만나지만 실제로 만나는 게 아니란 이야기다. 그냥 같은 장소에서 공부하고 수업하는 로봇들이 만나는 게 아닐까?

고등학생들은 어른들의 걱정(?)과 달리 '자기계발'(어학, 자격증 공부, 학원 등)을 여가활동 희망사항 2위로 꼽았다. 나이가 들면서 자신을 돌아보고, 뭔가 계발하는 데 대한 열망이 생기는 것은 고무적이다. 이들이 그렇게 할 수 있도록 제도와 시스템을 만들어주지 못하는 어른으로서 미안할 뿐이다.

초등학생에겐 5위, 중학생에겐 3위로 랭크된 '휴식'도 주목해봐야 한다. 그들이 말하는 휴식이란 뭘까? 말 그대로 아무것도 안 하고 쉬는 것일 게다. 그냥 쉬고 싶다는 거다. 아무런 계획도 하지 않고, 공부도 생각하지 않고 잠을 자거나, 멍을 때리거나 하고 싶다는 이야기다. 어른들도 그러고 싶을 때가 있지 않은가. 청소년도 마찬가지다.

여기서 우리는 알 수 있다. 청소년들이 하고 싶은 여가활동과 실제로 하고 있는 여가활동 사이엔 커다란 괴리가 있다는 걸. 청소년들이 하고 싶은 여가활동은 따로 있지만 현실에선 '스마트폰과 TV'와 많은 시간을 보내게 된다. 청소년들에게 '놀 문화'와 '놀 시간'을 만들어주지 못한 어른들의 책임이 크다 하겠다. 그들의 권리는 어른들의 '공부 강요'와 '무관심'으로 인해 짓밟히고 있다.

"나는 심장이 없어~ 나는 심장이 없어~"

시간은 곧 삶이요 생명이다. 그렇다면 자기 시간을 자기 마음대로 못 쓰는 사람이 사람인가? 아니 애초에 자기 시간이란 게 없는 사람이 사람인가? 이런 질문을 어른들에게 적용하면 "그래 맞아"라고 하겠지만, 똑같은 질문을 청소년에게 적용하면, "맞긴 하지만 지금은 유보하는 게 좋을 걸"이라고 대답할 것이다.

우리 사회가 청소년들을 대하는 방식은 여전히 일방적이고 폭력적이라는 걸 우리는 깨달아야 한다. 우리는 변해야 한다. 이런 폭력과 억압에 못 이겨 자살하는 청소년들이 일 년 내내 쏟아져 나와도, 우리 사회는 꿈쩍도 하지 않고 변화가 없으니, 어찌 된 건가. 내 하도 답답해서 뒤에 가서 풀어놓을 말들을 울컥 풀어놓는다. 양해해주시라. 뒤에 가선 좀 더 차분하고 치밀하게 우리 사회의 실상을 파헤쳐볼 것이다.

그런 면에서 보면, 우리 사회에서 청소년은 '자기 시간이 없는 로봇, 오로지 미래의 시간에만 맞춰진 로봇'이란 생각이 든다. 동화 『이상한 나라의 앨리스』에 등장하는 로봇이 '심장'이 없어 심장을 찾아 헤매듯 우리 사회 청소년들은 '생명'(자기 시간)을 찾아 헤매는 로봇이지 싶다.

우리 사회는 청소년들에게 '지금은 공부할 때, 지금은 미래를 준비할 때'라고 정해주고, 그들에게서 생명을 착취한다. 그들의 권리를 빼앗는다. 그들에게 허용하는 활동은 '진로체험, 진로상담, 진로를 위한 공부와 미술' 등에만 초점이 맞춰져 있다.

이 얼마나 폭력적인가. 그걸 강요할 권리가 어른들에게 있기나 한 것인지, 무슨 권리로 그러는 것인지 난 알지 못한다. 누가 합리적으로 이 현상을 설명 좀 해주시라. 이 땅의 청소년들은 자기 힘으로 할 수 있는 게 별로 없다. 청소년들은 가수 에이트를 통해 이렇게 애타게 부른다. "나는 심장이 없어~ 나는 심장이 없어~"

19금을
금하라 **1 9**

제 2 부

승

청소년들이
살기 힘든
이유,
따로 있었네

11. 청소년보호법인가,
청소년규제법인가?

이 책의 첫 장에서 우리는 '우리 사회가 청소년을 대하는 대표적 자세'를 함께 말했다.

이 장에서는 그 대표적 자세의 진원지를 건드려볼까 한다. 물론 '우리 사회가 청소년을 대하는 대표적 자세'를 견지하는 진짜 이유는, 2부가 채 끝나기 전에 알게 될 것이다.

한때 우리는 감히 자연을 보호했었다

산업혁명이 일어나기 전까지는 지구별에서 '자연보호'란 단어조차 없었다. 어느 누구도 자연을 보호해야 할 존재로 생각하지 않았다. 아니, 그럴 필요가 전혀 없었다.

20세기 초반부터 '자연보호'란 단어가 등장했고, 20세기 중반부터 집중적으로 논의되었다. 공업화, 기계화 등의 현대문명은 자연환경을 급속도로 오염시켰다. 수억 년 지구별 역사에서, 이렇게까지 단

기간에 오염될 줄은 그 누구도 몰랐다.

이제 '자연보호'는 어느 한 지역이나 국가의 문제가 아니다. 전 지구별에서 논의하고 고민해야 할 문제다. UN이나 세계환경기구에서 이 문제를 집중적으로 다루고, 실행하고 있다. 당신도 학창시절 겪어 보았듯이, 세계의 학교에서는 앞 다투어 '자연보호'를 담은 '포스터 그리기와 글짓기'를 시행하곤 했다.

하지만 21세기에 넘어 오면서 인류는 다시 자성의 시간을 가졌다. '자연'은 과연 보호해야 할 대상인가. 아니 감히 우리 같은 인간이 보호해드려도 될 존재인가. 누가 누구를 보호한단 말인가.

'보호'란 강자가 약자에게 베푸는 시혜다. '약자'를 '제3의 강자'로부터 보호해주려 할 때, '강자'가 사용할 수 있는 단어다. 일본이 중국으로부터 보호해주겠다는 명분으로 우리나라를 집어삼킬 때 사용했던 단어가 '보호'다. 그걸 '을사보호조약'이라고 하지 않는가. 지금에 와선 말도 안 되는 '국권침탈'이었지만, 그 당시 일본의 명분

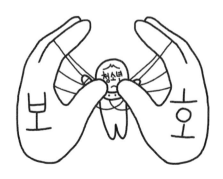

은 '보호'였다.

우리 인류가 과연 자연보다 강하단 말인가. 도대체 무슨 근거로! 백보 양보해서 인류가 자연보다 강하다고 치자. 그럼 과연 약자인 자연을 누구로부터 보호한단 말인가. 제3의 강자가 누구란 말인가. 알고 보니 보호한다는 놈들도 인류고, 제3의 강자란 놈들도 인류라니, 참 지랄도 풍년이다.

이래서 21세기에 들어와 지구별에선 '자연보호'란 말을 덜 사용하기 시작했다. 그 대신 '자연보존' 또는 '자연과의 상생' 등을 사용하기 시작했다. '자연을 보호하려 노력하지 말고, 그대로 내버려두는 게 상책'이란 걸 깨닫기 시작한 것이다. 이렇게 되기까지는 수많은 환경단체와 환경 선각자들의 노력과 희생이 있었다. 사회를 넘어 문명의 패러다임이 바뀐다는 건 쉬운 일이 아니다. 지금 이 책도 그런 길에 도전장을 내민 셈이다.

청소년보호법의 실체

'우리 사회가 청소년을 대하는 대표적 자세'를 그대로 담은 법이 있다. 바로 '청소년보호법'이다. 청소년보호법의 목적은 '청소년에게 유해한 매체물과 약물 등이 청소년에게 유통되는 것과 청소년이 유해한 업소에 출입하는 것 등을 규제하고, 청소년을 유해한 환경으로부터 보호·구제함으로써 청소년이 건전한 인격체로 성장할 수 있도록 하는 것'이다.

이 법은 1997년 3월 7일 법률 제5297호로 제정된 1999년 7월 1일부터 일부 내용이 개정되어 시행되었다.

청소년보호법은 청소년에게 유해한 매체물과 유해약물, 유해물건, 청소년 유해업소들을 명시함으로써 유해매체물 등의 유통을 규제하고, 청소년의 유해업소 출입 및 고용 등을 금지하는 법이다.

청소년 유해매체물이란 '영화 및 비디오물의 진흥에 관한 법률'에 따른 영화 및 비디오물, '게임산업진흥에 관한 법률'에 따른 게임물, '방송법'에 따른 방송프로그램 등 청소년의 정신적·신체적 건강을 해칠 우려가 있어 청소년보호위원회 및 각 심의기관이 청소년에게 유해한 것으로 결정하거나 확인하여 여성가족부장관이 고시한 매체물 등을 말한다. 이 책의 제목 '19금을 금하라'와 밀접한 내용이기도 하다.

청소년 유해약물이란 청소년에게 유해한 것으로 인정되는 약물로 '주세법'에 따른 주류, '담배사업법'에 따른 담배, '마약류 관리에 관한 법률'에 따른 마약류, '유해화학물질관리법'에 따른 환각물질, 그밖에 습관성·중독성·내성 등을 유발하여 청소년의 심신을 심각하게 손상시킬 우려가 있는 약물로서, 대통령령으로 정하는 기준에 따라 관계기관의 의견을 들어 제36조에 따른 청소년보호위원회가 결정하고 여성가족부장관이 고시한 것을 말한다. 이 금지조항들이 우리 사회가 청소년에게 내린 '19금'의 진원지라고 할 수 있다.

'우리 사회가 청소년을 대하는 대표적 자세'가 들어있는 단체 이름들이 있다. 예컨대 '청소년선도위원회'나 '청소년보호위원회'다. 최근에 생긴 '청소년지도사'란 제도도 마찬가지다. 항상 청소년을 선도해줘야 하고, 보호해줘야 하고, 지도해줘야 하는 대상으로 보고 있다. 그 정점에 '청소년보호법'이 자리하고 있다.

우리 사회의 진보는 청소년을 주체로 인정할 때 온다

'보호'란 말을 조금만 뒤집어보면 '감시'란 말의 다른 이름이다. 더 나아가 '길들이기'의 다른 이름이기도 하다. 누가 누군가를 보호한다는 말은, 아주 좋게 들리기도 하지만 보호해준다는 존재가 보호함을 받는 존재를 감시할 수밖에 없다.

강자가 약자를 보호하려고 하면 일단 약자의 일거수일투족을 알지 않으면 안 된다. 약자의 동선을 파악하고, 접하는 대상을 파악하고, 생활주기를 파악해야 제3의 강자로부터 약자를 지켜낼 수 있다. 약자 마음대로 자유롭게 행동한다는 건 있을 수 없다. 그렇게 해선 '보호'가 되지 않기 때문이다.

"내가 너를 보호하려고 이렇게까지 애쓰고 있다. 부족한 것 있으면 내게 말해라. 뭐든 다 들어주겠다. 그러니 너는 내 말만 잘 들어라. 이게 다 너 잘 되라고 하는 일이야." 이런 심정의 강자가 나오기 마련이다.

하지만 보호받는 존재들도 그렇게 생각할까? 물어보기나 했나? 이런 메커니즘은 흔하다. 우리나라를 보호해주겠다던 일제강점기의 일본이 그랬고, 자연을 보호해주겠다던 우리 인류가 그랬다.

물론 청소년보호법이 잘해온 것도 많다. 원래 이 법을 제정했던 어른들도 '청소년을 규제하고 감시하고 길들여야지'라고 생각한 사람은 아무도 없었을 게다. 좋은 뜻으로 시작한 법이지만, 이런 면을 놓쳤던 거다. 사실 '좋은 뜻'으로 시작했다고 말하긴 했지만, '우리 사회가 청소년을 대하는 기본적 자세'가 낳은 결과물이니, 그렇게 좋다고만은 할 수 없다.

청소년을 보호대상으로만 생각한다면 우리 사회는 진보할 수 없다. 우리 사회의 진정한 진보는 '청소년을 보호대상이 아닌 어른과 똑같은 주체'로 인식하기 시작할 때 온다.

12. 헌법 앞에서
청소년은 국민이 아니었던 게야

다음 쪽의 그림을 자세히 보라. 뭔가 이상하지 않은가. 중학교 2학년 교과서에 실린 그림이다. 이 그림을 보면서 중2 청소년들은 무슨 생각을 했을까? '아 그렇구나'라고 생각했을까?

헌법이 보장한 기본권인데…

기본권에 관한 그림이다. 말하자면 '인간으로서 누려야 할 기본적인 권리'이며, '인간으로서의 존엄과 가치'를 지키자는 헌법의 기본정신이기도 하다. 헌법은 다음 다섯 가지 항목으로 나눠서 기본권을 구체적으로 보장하고 있다.

평등권: 헌법 제11조는 "모든 국민은 법 앞에 평등하다. 누구든지 성별·종교 또는 사회적 신분에 의하여 정치적·경제적·사회적·문화적 생활의 모든 영역에 있어서 차별을 받지 아니한다"라고 평등권을 보

참정권

청구권

사회권

자유권

평등권

인간으로서의 존엄과 가치

장하고 있다.

　자유권: 헌법은 '신체적 자유, 사회적·경제적 자유, 표현의 자유, 정신적 자유, 거주 이전의 자유, 직업 선택의 자유, 사생활의 자유, 통신의 자유, 양심의 자유, 종교의 자유, 언론·출판의 자유, 학문·예술의 자유 등'을 보장하고 있다. 이 가운데 특히 신체의 자유에 관한 보장

이 확대되었고, 적법절차제도를 도입하였으며, 형사피의자의 권리 등을 확장하고 있다.

생존권: 헌법 제34조에서는 "모든 국민은 인간다운 생활을 할 권리를 가진다"라고 규정하고 있다. 국가는 국민의 생존권을 위해 사회보장·사회복지 증진에 노력할 의무를 지며, 여자·노인·청소년의 복지 향상을 위해 노력하고, 생활능력이 없는 자는 '생활보호법'의 규정에 따라 국가의 보호를 받도록 하고 있다. 모든 국민에게 근로의 권리를 부여하였고, 국가는 고용증대와 적정임금을 받도록 배려할 것과 최저임금제를 실시할 것을 규정하였다. 노동3권을 인정한 것도 근로자의 생존권·근로권을 보장하기 위한 것이다.

청구권: 기본권을 보장하기 위한 기본권이며 권리보호청구권이라고도 한다. 대한민국 헌법은 이 기본권으로서 ①청원권 ②재판청구권 ③형사보상청구권 ④공무원의 불법행위로 인한 손해배상청구권 ⑤범죄피해구조청구권 ⑥헌법소원권 등을 규정하고 있다.

참정권: 헌법은 국민주권주의를 채택하고 있으므로 모든 국민은 능동적으로 국정에 참여할 권리를 가진다. 헌법은 참정권으로서 선거권·피선거권 및 공무담임권과 국민투표권 등을 보장하고 있다.

헌법에서 보장한 기본권을 청소년에겐 왜?

기본권이란 앞의 그림처럼 '인간으로서의 존엄과 가치를 지키기 위한 행복추구권'을 말한다. 대한민국 국민이라면 누구나 누려야 할 권리다. 그런데 왜 청소년에겐 위의 다섯 가지 권리가 하나도 제대로 적용되지 않고 있을까?

평등권을 보자. "모든 국민은 법 앞에 평등하다"라고 하지만, 청소년과 어른이 평등하다고 생각하는 청소년은 거의 아무도 없을 게다.

자유권도 마찬가지다. '신체적 자유, 사회적·경제적 자유, 정신적 자유, 표현의 자유, 거주 이전의 자유, 직업 선택의 자유, 사생활의 자유, 통신의 자유, 양심의 자유, 종교의 자유, 언론·출판의 자유, 학문·예술의 자유' 중 어느 것 하나도 청소년에겐 자유롭지 못하다.

"모든 국민은 인간다운 생활을 할 권리를 가진다"라고 헌법에 보장한 생존권은 청소년에겐 해당되지 않는다. 특히 "모든 국민에게 근로의 권리를 부여하였고"란 항목에서 '모든 국민' 속에 청소년은 포함되지 않는다. 1부에서 말한 것, 생각나는가. 청소년으로 하여금 일찍 면허증을 따게 하고, 청소년이 경제적 자립을 해야 청소년의 결혼도 가능하다고 말했다.

여섯 가지 청원권(①청원권 ②재판청구권 ③형사보상청구권 ④공무원의 불법행위로 인한 손해배상청구권 ⑤범죄피해구조청구권 ⑥헌법소원권) 중 그 어느 것이 청소년과 상관이 있단 말인가.

뒤에 가서 집중적으로 따져볼 참정권은 또 어떠한가. 헌법이 보장한 '선거권·피선거권 및 공무담임권과 국민투표권' 중, 그 어느 것 하나도 청소년에겐 해당되지 않는다. "대한민국은 국민주권주의를 채택하고 있으므로, 모든 국민은 능동적으로 국정에 참여할 권리를 가진다"라고 말하면서 말이다.

또 한 가지 더 따져볼 게 있다. 바로 헌법 제17조다. 헌법 제17조는 "모든 국민은 사생활의 비밀과 자유를 침해받지 아니한다"라고 명시하고 있다. 이럼에도 버젓이 '셧다운제, 청소년 스마트폰 감시법, 전자명찰'이라는 제도가 시행되거나 시도되고 있다. 이런 제도를 태생시킨 '청소년보호법'은 분명 위헌의 소지가 있다. 따져보고 고쳐야 하지 않을까?

어쨌거나 청소년은 대한민국 헌법 앞에서 국민이 아니었던 게다.

13. 세월호, "녀석들이 '문자질'이나 하고 말이야"

이 장에 와서야 당신에게 고백하겠다. 사실 내가 이 책을 꼭 쓰고자 했던 결정적인 계기는 '세월호의 비극'이었다. 그 일을 당한 후 나는 매우 아팠다. 가만히 있을 수 없었다. 수장된 아들 딸들을 위해 뭐라도 해야겠다고 다짐했다. 이 책은 그 다짐의 작은 열매다. 나는 '세월호 청소년들에게 빚진 걸 평생 갚겠다'는 마음으로, 내가 사는 안성에서 청소년들을 잘 섬기고 있다.

"생각 없이 문자질이나 하는 세월호 아이들"

얼마 전, 나의 페이스북 친구가 들려준 이야기다. 서울에서 어린 아들 딸들과 함께 혼잡한 시간에 전철을 탔다. 사람이 하도 많아 눈앞에서 어린 딸의 손을 놓쳤다. 차 문은 닫혔고, 어린 딸은 바깥에서 엄마를 쳐다보고 있다. 엄마는 "엄마가 바로 데리러 올게! 잠시만 참고 기다려!" 하고 외쳤지만, 엄마의 목소리는 들리지 않고 애타는 손

짓만 보였다. 엄마는 바로 다음 역에 내려서 돌아왔고, 다행히 딸은 무사했다. 이런 일을 겪은 페이스북 친구(엄마)는 그 순간들을 떠올리며, 죽음을 맛보는 듯했다고 했다.

나는 이 이야기를 읽으면서, 울컥했다. 유리창을 사이에 두고 잠시 딸을 잃어버렸을 뿐인데 그 엄마는 눈앞이 캄캄하다고 했고, 모든 것을 잃어버리는 줄 알았다고 했다. 세상의 엄마들이 모두 같은 마음일진대, 눈앞에서(세월호 수장 장면을 TV로 생중계했으니까) 자신의 아들 딸들을 수장시킨 부모들은 어떻게 살아낼까. 먹먹하고 울컥했다.

그럼에도 우리 사회는 진영논리와 색깔논리에 빠져 서로의 입지를 세우는 데 세월호를 이용해 먹었다. 심지어 우리나라의 큰 교회(은혜와 진리의 교회)에선, '세월호 배지'를 단 교인을 강제로 출교까지 시켰다고 했다.

세월호 참사를 교훈 삼아 교육하는 안전교육 강사는 이렇게 말했다. "그 배에 탄 학생들이 안전교육을 제대로 받았더라면, 배에서 바로 밖으로 튀어나왔을 것이다. 학생들이 그 상황에서 제대로 판단하지 못하고, 어른들의 말만 듣고 기다렸던 게 잘못"이라고 했다. 일면 맞는 말 같기도 하다.

2014년 10월 20일, 교육전문가이자 '엄마학교' 대표인 서형숙 씨는, 일본 도쿄에서 한국인 엄마들을 상대로 한 강연 중에, "배가 가라앉는 상황에서 문자질이나 하는 생각 없는 세월호의 아이들"이라고 말했다. 여기서 '생각 없는'이란 말은 가치판단의 문제라 할 수 있지만 '문자질이나 하는'이란 말은 팩트다. 누가 봐도 "생각 없이 문자질이나 하는 세월호 아이들"이 맞다 싶기도 하다.

'생각 없는(?) 아이들'을 만들어낸 생각 없는 어른들

여기서 우리는 '우리 사회가 청소년을 대하는 대표적 자세'와 또 마주하게 된다.

당신은 '결정장애 세대'란 말을 아는가. 뭐든지 할 수 있지만, 어떤 것에도 만족하지 못하고 방향 없이 갈팡질팡하는 세대를 이르는 말이다. 저널리스트 올리버 예게스가 2012년 독일 일간지 『디 벨트』에 기고한 칼럼에서, '1980년대에 태어나 1990년대에 학창 시절을 보낸 젊은 층'을 가리키는 용어로 사용하면서 널리 알려졌다. 여기서 파생된 '결정장애'는 '행동이나 태도를 정해야 할 때에 망설이기만 하고 결단을 내리지 못하는 증상'을 말한다.

"그런데 말입니다~."('그것이 알고 싶다'의 김상중 톤으로) 대한민국에서는 '독친'이 결정장애 세대를 만든다는 지적도 있다. 부모의 과도한 간섭과 통제를 받다 보니 스스로 결정할 능력을 상실했다는 보고다.

여기서 독친이란 '자식의 학교 성적을 상위권으로 끌어올리기 위해 달달 볶아대는 부모'를 이르는 말이다. 부모의 지나친 간섭이 자식의 장래나 성격 형성에 오히려 독이 된다는 뜻에서 독친(毒親, toxic parents)이라고 한다. 결정장애 세대는 부모가 만들어낸 것이다.

『조선일보』는 2014년 12월 1일에 "우리나라에서 대학에 입학하면 20세가량 된다. 사회적으로는 성인인데도 초등학생처럼 부모 간섭을 받는 대학생이 많다. 대학 상담소에는 '부모가 너무 간섭해 힘들다'는 대학생들의 고민이 쏟아진다. 대학생이 된 자녀 주위를 헬리콥터처럼 빙빙 돌면서 일거수일투족을 통제하는 '헬리콥터 부모'들이 자녀를 벼랑 끝으로 내몰고 있다"라고 보도했다.

"어른 말을 들으면 자다가 떡이 나온다, 임마"

대한민국을, 대한민국 청소년을 온통 이렇게 만들어놓은 것은 어른들이다. 이러할진대, 세월호의 청소년들을 말하면서 어른이 교육을 잘못 시켜서, 안전교육을 시키지 않아서 등으로 접근한다면, 우리는 여전히 '우리 사회가 청소년을 대하는 대표적 자세'를 견지하는 셈이다.

청소년들이 죽음의 순간에도 자율적인 판단을 내리지 못하고 배에 가만히 앉아 있었던 것은 어른들이 그렇게 만들었던 게다. '결정장애 세대'를 양산한 것은 기성세대가 청소년을 대하는 자세 때문인 거다. '청소년들은 연약하고 어리기 때문에 가르쳐야 하고, 보호해야 하고, 훈육해야 하는 존재'로 본 탓이다. '청소년보호법'으로 잘 보호한(?) 탓이다.

평소 "어른 말을 잘 들어야 한다"고 가르침을 받았고, "어른 말을 듣지 않으면 불이익을 받을 것이고, 어른 말을 잘 들으면 편안해질 것"이라고 가르침을 받았던 세월호 청소년들에게 "배에서 기다리고 있으라. 가만히 있으라"고 말했으니, 그들은 어른 말을 잘 들은 죄밖에 없는 셈이다.

청소년 자신의 힘으로는 아무것도 해보지 못하게 하는 사회, 그런 경험을 차단하는 사회, 청소년으로 하여금 오로지 '안전빵'을 선호하게 하는 사회, 튀는 아이들을 문제가 많고 골치가 아픈 아이로 보는 사회에서, 남들이 '예' 할 때, '아니오' 할 수 있는 아이가 나올까 말이다.

평소 자율적인 판단을 할 틈을 주지 않았고, 자율적인 판단은 위험하다고 암시 받았고, 자율적인 판단은 어른이나 돼서 해도 늦지 않다고 가르침 받았고, 자율적인 판단보다는 지금은 어른들이 시키는 대로 해야 될 때라고 잔소리를 들었고, 자율적인 판단을 별로 해본 적이 없는 청소년들을 키워낸 건 다름 아닌 우리 어른들이다.

이렇게 보면, 그날 그 아이들을 수장시킨 건 그 누구도 아닌, 나를 포함한 어른들이다. 나는 이런 미안함과 책임감을 깊이 느낀다. '내가 그 아이들을 죽였다'는 미안함과 책임감이다. 적어도 양심 있는 어른이라면, 이렇게 느껴야 하지 않을까?

　우리 사회의 어른들은 세월호를 바라보면서 여전히 '청소년들을 대하는 대표적 자세'를 유지하고 있다. 사회의 어른으로서 어리석은 청소년에게 뭔가 제대로 가르치지 않아서 그런 일이 생겼다고 본다. 참~ 한결같아서 좋긴(?) 하다.

14. 19금의 유래와
역사

이 책의 제목과 직접적인 연관이 있는 '19금'에 대해 이제야 언급하는 것은, '19금' 자체를 파헤치는 것이 이 책의 핵심이 아니라 '19금'에서 나타난 '우리 사회가 청소년을 대하는 대표적 자세'를 보는 게 핵심이기 때문이라는 것을 당신은 이미 알았으리라.

우리나라에선 '19금 영화'가 프랑스에선 '12금'이라니…

영화 『아가씨』는 우리나라에선 '19금'이다. '청소년 관람불가'란 이야기다. 하지만, 프랑스로 건너가면 '12금'으로 변한다. 프랑스에선 왜 '12금'일까? "『아가씨』의 섹스신은 모든 폭력으로부터 해방된 것이며, 수준 낮은 눈요깃거리로 묘사하려는 의도를 찾아볼 수 없다. 동시에 영화의 주제와 조화롭게 부합한다"라고 프랑스 사회가 그 이유를 내놓았다. 프랑스와 우리 사회의 차이는 과연 무얼까?

방송통신심의위원회 SafeNet 등급기준

	노출	성행위	폭력	언어
4등급	성기노출	성범죄 또는 노골적인 성행위	잔인한 살해	노골적이고 외설적인 비속어
3등급	전신노출	노골적이지 않은 성행위	살해	심한 비속어
2등급	부분노출	착의상태의 성적 접촉	상해	거진 비속어
1등급	노출복장	격렬한 키스	격투	일상 비속어
0등급	노출 없음	성행위 없음	폭력 없음	비속어 없음

* 등급기준의 명칭은 방송통신심의위원회 SafeNet 등급기준으로 정함.

위의 표는 대한민국 방송통신심의위원회 SafeNet 등급 기준이다. 이 기준을 정하는 첫 번째 목적은 소위 '청소년 보호'다. 청소년보호법을 적용하려고 만들어놓은 기준이다. 따라서 등급 분류의 기준은 청소년에게 어떤 영향을 얼마나 미치는가가 중심이다.

이 기준으로 하면, 가장 낮은 등급은 '전체관람가'이고 가장 높은 등급은 '청소년 관람불가' 또는 '19금'이다. 그 중간에 '12금, 15금' 등이 포진해 있다. 위의 기준에 의하면 '0등급'이 '전체관람가' 등급이다. 물론 0등급이라고 모두 '전체관람가'는 아니다. 0등급에서 '전체관람가, 12금, 15금' 등으로 나뉜다.

위 기준에 따르면 1등급부터 4등급까지가 '19금'에 해당한다. 사실 모든 영화를 위 기준처럼 무 자르듯 정확하게 구분할 수는 없다. 그래서 방송통신심의위원회가 그것을 심의결정한다. 왜 그럴 때가 있지 않은가? 어떤 영화는 수위가 심하다 싶은데 '15금'이고, 어떤 영화는 "왜 이 영화를 19금이라고 분류한 거지?" 하고 궁금할 때 말이다. 심하게 말하면, 엿장수(방송통신심의위원회) 마음이다. 우리 사회에서 방송통신위원회가 권력이 될 수밖에 없고, '갑질'의 횡포가 언제든지 가능한 이유다.

'19금'의 기준은 이렇다

영화나 방송매체가 '19금'이 되려면 어떤 기준이어야 할까? 영화법시행령에 따르면 '19금'의 기준은 네 가지다.

1_ 주제는 청소년의 일반 지식과 경험으로는 수용하기 어려워 건전한 인격체로 성장하는 것을 저해하는 것.

2_ 영상의 표현은 선정성·폭력성·공포·약물 사용·모방 위험 등의 요소가 지나치게 구체적이고 직접적이며 노골적인 것.

3_ 대사의 표현은 자극적이고 혐오스러운 성적 표현과 정서적·인격적인 모욕감이나 수치심을 유발하는 수준의 저속한 언어, 비속어, 욕설 등을 과도하게 사용한 것.

4_ 특정한 사상·종교·풍속 등에 관한 묘사가 청소년이 관람하기에 부적절한 것.

여기서 네 번째 기준에 주목해보자. '청소년이 관람하기에 유해한 것'이 아니라 '부적절한 것'이라고 되어 있다. 청소년보호법엔 분명히 '청소년 유해물로부터 보호한다'고 되어 있지만, 영화시행령은 오지랖 넓게도 '청소년에게 부적절한 것'까지 가려내 '19금'으로 정한다.

청소년을 보호한다고, 청소년에게 유해한 것과 유해하지 않은 것을 어른들이 정해주는 것도 웃긴 일이지만, 청소년에게 무엇이 적절하고 부적절한지를 어른들이 정하는 것도 참 가관이 아닌가. 그런 기준은 누가 정하는가, 어떤 기준인가, 무엇보다 청소년 당사자들에게 물어보기는 한 건가. 적절하고 부적절하고의 느낌과 기준은 사람마다 천차만별인데, 어른들이 모여 그것을 정하는 사회가 우리 사회다. 헌법에 보장된 '모든 국민의 자유권과 평등권'은 즉사했다.

'19금'의 뜻, 알고 보니

'19금'의 뜻을 사전에서 찾아보면 "야한 자료의 총칭. 어원은 19禁이며, 19세 미만은 열람을 자제하라는 뜻이었으나, 야한 자료임을 강조하는 뜻으로 바뀌었다"라고 되어 있다. '19금'은 '우리 사회가 청소년을 대하는 대표적 자세'를 담은 대표적 시그널이다.

이런 설명에서 두 가지의 새로운 의미를 발견하게 된다. 첫째는 '청소년은 열람을 금지한다가 아니라 자제하라는 뜻'이고, 둘째는 '19금이란 단어는 야한 자료 즉 에로틱에 온통 집중한 단어'라는 것이다. 방송통신위원회 등급기준에서나 영화시행령에선 '성적 선정성, 폭력, 청소년 유해성' 등을 모두 따지지만, 정작 우리 사회가 합의한 사전에선 '성적 선정성'에 집중하고 있다.

'야하다'는 '성적인 호기심을 자극하는 힘이 있다'는 뜻이다. 그밖에도 '깊숙하지 못하고 되바라지다. 점잖지 못하고 천하게 아리땁다. 사람이나 그 행동이 바르지 못하고 요염하다'란 뜻도 있다. 종합해보면, '야한 자료'란 '성적인 호기심을 자극하는 힘이 있으며, 깊숙하지 못하고 되바라지고, 점잖지 못하고 천하게 아리따우며, 바르지 못하고 요염한 자료'란 말이다.

'19금'을 '야한 자료'라고 바꿔 쓴 우리 사회는 두 가지 자세를 드러낸다. '성에 대한 자세'와 '청소년을 대하는 자세'다. 우리 사회가 성을 대하는 자세는 '성은 깊숙하지 못하고 되바라졌으며, 점잖지 못하고 천하며, 바르지 못하다'라는 것이다. 이것은 곧 우리 사회가 청소년을 성에 관한 한 '깊숙하지 못하고 되바라졌으며, 점잖지 못하고 천하며, 바르지 못하게 처신하는 존재'라고 여기는 것이다. 이 또한 '우리 사회가 청소년을 대하는 대표적 자세'와 일맥상통한다.

'19금'을 온통 성에 포커스를 맞춘 저의는 무엇일까

'19금'의 뜻을 온통 성에 포커스를 맞춘 우리 사회에게 묻고 싶다.

'성'이 과연 그렇게 위험한가? '성'이 그렇게 쉬쉬해야 할 것인가? 청소년들을 '성생활'에서 제외시킨 근거는 무엇인가? 그런 것을 어른들이 규제할 권리가 있기는 한가? 어른들이 성을 규제하는 것이 과연 합리적이고 정당한가?

나는 어른이란 이유로 자유롭게 야동을 내려받아 컴퓨터에 저장하고 있다. 안전 리얼 포르노 영상이다. 나는 이것을 자위행위를 하거나, 아내와 섹스를 할 때 사용한다. 아내와 합의해서 이렇게 사용한 지 10년은 넘었다. 그런데, 이런 자유를 왜 청소년들에게는 금지하는가.

'19금'은 다른 의미로 '청소년 접근 제한'이라고 할 수 있다. 주민등록번호 등의 인증을 통해 청소년에게 유해하다고 판단되는 정보 및 자료에 청소년의 접근을 제한 또는 차단하는 것을 말한다. '야동'(야한 동영상) 입구에 설치된 '성인인증 절차'는 알고 보면 '청소년보호법 속 청소년 접근제한'에서 출발한 거다.

우리나라에서 성인인증이 필요한 경우는 '1-게임: 청소년 이용 불가 게임을 플레이할 경우. 2-영상: 청소년 관람불가 영상을 보거나 내려받을 경우. 3-음반: 청소년 유해곡이나 그 곡이 포함된 앨범을 구입하는 경우. 유통: 부탄가스, 본드, 술, 담배를 구입할 경우 및 청소년출입금지업소 출입 시. 4-웹하드: 19세로 지정된 파일을 내려받을 경우 최초 1회. 5- 웹사이트: 성인 검색어 검색이나 콘텐츠 접근, 성인 사이

19금을 금하라

트에 접근할 경우' 등이다.

하지만 아버지와 어머니의 주민번호만 알면 바로 출입 가능한 '성인인증제도'를 군이 실행하는 이유는 무엇인지 모를 일이다. 우리 사회는 어째서 청소년들에게 군이 죄책감을 심어주려 하는가.

'19금'의 문제를 '19대 대통령'이 해결할까

'13금'이란 말이 있다. 바로 '13일의 금요일'의 줄임말이다. 할리우드 공포영화 『13일의 금요일』이 만든 유행어다. 그렇다면 설마 '19금'은 '19일의 금요일'의 줄임말? 그럴 리가 없다는 건 당신도 알고 나도 안다. 다만, 언젠가는 우리 사회에서 '19금'이 단지 '19일의 금요일'만을 칭하는 단어가 될 날이 오기를 기대한다.

'19금'이 혹시 '19세 미만 청소년 금지'가 아니라 '19세 미만 청소년들이 금처럼 여기는 것'은 아닐까? 원래 보지 마라 하면 더 보고 싶고, 하지 마라 하면 더 하고 싶은 게 인지상정이다. 청소년더러 그냥 알아서 판단하고 알아서 보라고 하면 주목도 하지 않을 것을, 괜히 '19금'을 걸어 호기심을 자극해놓고 보지 마라고 하면, 그것도 '가진 자(?)'들의 횡포이지 싶다.

'19금'을 해결할 사람이 '19대 대통령'이 될 수 있을까?

15. '19금'의 주범은
학교다

대한민국엔 두 가지 부류의 청소년이 있다. '학교안청소년'과 '학교 밖청소년'이다. 이것은 힘 있는 어른들이 힘 약한 청소년들에게 붙여준 레테르에 불과함을 미리 말해둔다. 청소년의 의사는 전혀 반영되지 않았다는 거다.

'학교밖청소년' 시설이 혐오시설? 말이 돼?

2017년 5월, 내가 사는 안성에서 대안교육연대 이상화 사무국장을 초빙해서 청소년 간담회를 했다. 이때 그녀가 증언해준 말이 가히 충격적이었다. 그녀의 증언에 따르면, '학교밖청소년'을 위한 시설을 지으려고 하니 인근 학부모들이 반대한다고 했다. 이유는? 그게 혐오시설이란다. 그게 말이 돼? 말이 되냐고! 하지만, 아직까진 그게 말이 되는 나라다. 아직까진 울 학부형들의 수준이다. 순간 열을 받았다면 좀 삭히고 더 들어보라.

어떻게 됐을까? 결과는 뻔(?)하다. 하는 수 없이 건물을 포기했다. 학부모들의 뇌구조가 들여다보인다. 학교 다니지 않는 청소년 = 비행 청소년 = 유해한 청소년 = 자기 자녀에게 피해를 주는 청소년. 뭐 이런 공식이 그들 마음속에 있나 보다. 더 나아가 '학교 다니는 청소년 = 정상 청소년, 학교 안 다니는 청소년 = 비정상 청소년', 이런 공식도 존재하는 듯하다.

학교에 다녀야 '19금'에 걸맞은 청소년이고, 학교 다니지 않으면 '19금'으로도 분류가 안 되는 청소년이란 거다. 청소년에 대한 차별의 사가 너무나도 선명하게 담겨있다. 학교는 이 세상 어느 곳보다 청소년의 존재 자체를 존중하는 곳이어야 하는데, 오히려 차별과 억압의 온상이 되고 있다. '19금'이라는 청소년 억압기제는 학교를 중심으로 잘 포장되고 있었던 거다. 학교를 기준으로 놓고 보면 이 세상엔 두 부류의 청소년이 있다. '19금'에 잘 따르는 청소년과 따르지 않는 청소년. 이런 기준을 대체 어떤 놈이 나눈 것일까.

학교의 중심 메시지는 '학생은 학생다워야'

우리 사회의 학교에서 강조하는 중심 메시지는 '민주시민 양성'도, '미래인재 양성'도 아니다. '민주시민 양성'과 '미래인재 양성'은 단지 잘 포장된 캐치프레이즈일 뿐이다. 학교를 다녀본 사람들은 누구나

아는 사실이다. 그럼 뭐란 말인가. 바로 '학생은 학생다워야 한다'이다. 이것이 바로 학교현장에서 강조하는 교육의 핵심이다.

'학생은 학생다워야 한다'는 학교의 핵심은 학교 곳곳에서 학생들에게 적용된다. 마치 성서 속 예수시대에 율법지상주의자들이 한 것과 비슷하다. 율법을 세분화하여 안식일엔 몇 미터 이상을 걸을 수 없고, 안식일에 다쳤을 땐 어디까지 치료할 수 있고 등을, 종교지도자들이 정해주었었다.

내가 사는 안성의 한 학교의 실태를 지인 청소년으로부터 들어보자.

- 머리 길이는 목덜미까지만 한다.

- 치마는 주름부터 25센티미터 줄이기 금지.

- 양말은 흰색으로 통일, 무늬 허용, 단 양말 색깔이 들어가면 안 됨.

- 소지품을 검사한다는 명목으로 여학생들 생리대도 조사.

- 교실 안에서는 체육복을 입지 말아야 한다.

- 귀걸이, 목걸이, 반지 등을 착용하면 안 된다.

- 학교 안 휴대폰 사용을 금지하며, 등교하면 모두 휴대폰을 압수한 후 하교 때 나눠준다.

- 교무실 앞 정수기 사용하면 벌점.

이러한 학교 상황을 2017년 7월, 국가청소년위원에서 아래와 같이 조사 발표했다.

학교생활 영역에서의 청소년 인권침해 실태

81% 탈의실이 없어서 교실/화장실에서 탈의

62.4% 두발규제

61.1% 계절 변화에 따른 교복선택 제한

61.1% 휴식시간 휴대폰 사용 금지

53.6% 겨울에 화장실 온수 사용 금지

53.4% 학교 급식에 대한 불만

49.7% 강제적인 0교시와 야간자율학습

48.7% 고민상담 교사의 부재

41.9% 처벌받을 때 변호기회 없음

37.1% 간부 선출 시 성적이 중요 요소로 작용

* 자료출처 : 국가청소년위원회

10여 년 전이지만, 김해YMCA 청소년사업팀에서도 김해지역 청소년 300여 명을 대상으로 '청소년 인권의식 및 침해사례 실태조사'(2009년 7월~8월) 결과를 발표했다. 81.1%의 청소년들이 '청소년 인권교육'의 경험이 없다고 응답했다. 인권교육의 필요성에 대해서는 86.2%의 청소년이 필요하다고 응답했다. 우리 사회는 아직도 성인들의 84%가 학생의 체벌은 허용되어야 한다고 보고 있고, 또한 82%의 어른들이 체벌이 교육적으로 효과가 있다고 답했다.

우리 사회의 이런 의식수준을 길러내는 주범은 역시 학교라고 할 수밖에 없다. 학교가 시작된 역사적 배경과 태생이 그러하기 때문이다.

내가 『학교시대는 끝났다』란 책을 낸 이유

나는 2009년에 『학교시대는 끝났다』(신인문사)란 책을 세상에 내놓았다. 지금의 학교가 탄생한 역사적 배경을 말하면서 '학교시대'의 허와 실을 지적하고 '학교시대'의 종말을 이야기했다.

지금의 학교는 18세기 독일의 '국가주의' 틀 안에서 탄생했다. '국가의 말을 잘 듣는 모범시민 양성'이 목적이었다. 이 시스템은 불행하게도 스마트폰 하나로 세계를 넘나드는 현대에도 여전히 유효하다. 학교는 여전히 학생들에게 '학생은 학생다워야 한다'는 메시지를 주입하고 있다. '19금'의 핵심 메시지 즉 '청소년은 어른들이 정한 규칙에 복종하라'와 상통한다.

하지만 18세기 독일에서 만들어진 학교 시스템으론 21세기를 못 담아낸다. 18세기의 국가주의적 가치관을 강요하는 학교는 더 이상 살아남을 수 없다. 지난 세기에 강요된 학교 시스템을 '학교시대'라 규정하고, 앞으로는 '초학교시대' 또는 '탈학교시대'가 올 것이라고 나는 그 책에서 주장했다.

청소년들에게 '19금'을 강요하는 학교 시스템은 아니라는 이야기다. 단지 청소년(즉 경제적 약자)이라는 이유로 많은 걸 포기하고 참아내야만 하는, 그리하여 자율적이기보다 타율적이고, 주도적이기보다 피동적인 그런 청소년을 양성하는 곳이 학교가 아닌가. 감히 말하건대, '19금'의 주범은 우리 시대의 학교다.

16. '청소년'이란 단어 자체가
    뭔가 의심스럽다

'청소년'의 원래 의미는 '청소하는 년' 즉 '청소하는 해의 사람'이란 뜻이었다. 세월이 지나면서 의미가 바뀌었다. '말도 안 된다'고 생각하면서도 일면 일리가 있겠다 싶지 않은가? 9장에서 우리 사회가 청소년을 '시다바리' 정도로 생각하고 있는 게 아닌가 하고 말했다. 말하자면, 청소년은 '시다바리처럼 청소나 하는 사람들'이란 뜻 말이다. 당신은 지금 나의 말장난에 묘하게 빠져들고 있다. 하지만 당신의 잘못은 아니다. 우리 사회의 의식수준이 그럴 뿐.

청소년은 '모자란 놈들'이란 뜻

청소년이란 '성년(청년)과 어린이의 중간 시기의 사람'들을 말한다. 일반적으로 만13세 이상 만18세 이하(우리나라 나이로는 14세 이상 19세 이하, 학교로는 중학생에서 고등학생의 나이) 사람들이다.

한자로는 '靑少年'이다. 푸를 청(靑)자와 적을 소(少), 해 년(年)을 쓴다. 여기서 한 가지가 궁금하다. 왜 '작을 소(小)'를 쓰지 않고, '적을 소(少)'를 썼을까? '적을 소'에 다른 뜻이 있어서일까? 있다. '적을 소'는 '적다. 많지 않다'를 뜻하지만, '모자라다'란 의미도 있다. 말하자면, '청년(어른)에 모자라는 사람들'이란 뜻이다.

여기서 파생된 단어가 바로 '미성년자'다. '우리 사회가 청소년을 대하는 대표적 자세'를 직설적으로 드러내주는 단어가 바로 '미성년자'다. 한자로는 '未成年者'라고 표기한다. 모자랄 미(未), 이룰 성(成), 해 년(年), 놈 자(者)로 구성되어 있다. 직역하면 '아직 이루지 못한, 모자란 나이의 놈들'이다. '성인'을 온전한 인간으로 본다면, 청소년은 한마디로 '아직 인간이 되기엔 모자란 놈들'이란 뜻이다. 그랬구나. 청소년이나 미성년자를 인간으로 보지 않기에, 헌법이 보장한 기본권을 송두리째 유린당하고 있었구나.

청소년에 대한 연령 규정은 법령이나 규범에 따라 다르다. 청소년기본법에는 만9세에서 만24세 사이의 사람으로 규정되어 있다. 하지만 청소년의 보호와 규제를 목적으로 하는 청소년보호법에서는 만19세 미만(19세가 되는 해의 1월 1일을 맞이한 사람은 제외한다)을 청소년으로 정의하고 있다. 청소년기본법의 청소년과 청소년보호법의 청소년은 연령이 다르다. 하지만 우리 사회의 통상 개념은 청소년보호법의 나이를 말한다.

여기서도 볼 수 있는 것처럼 청소년보호법 속의 청소년은 '보호와 규제의 대상'이다. '아직 이루지 못한 모자란 놈들을 보호하고 규제하겠다'라는 말이다. 뒤에 가서도 말하겠지만, '우리 사회가 청소년을 대하는 대표적 자세'는 '아직 모자라고 미숙한 존재이므로 보호하고 규제해야 한다'라는 것이다.

이러다 보니 청소년들은 20세가 되는 해 1월 1일에 죽어라 술 퍼마시고, 몰래 피우던 담배를 대놓고 피우며, 집에 늦게 들어가는 퍼포먼스를 하곤 한다. 성인이 되어 '대놓고 술 담배 하기'를 즐기는 쾌거(?)를 치른다. 뭔 지랄인가 모르겠다.

이란에 가면 우리나라 중3은 어른이다

청소년의 연령대는 각 나라마다 다르다. 즉 우리나라가 규정하고 있는 청소년 나이(만14세~만18세)는 절대적이지 않다. 우리나라 중3 나이의 청소년들은 이란에 가면 어른 대우를 받는다. 우리나라 중3들이 어른 대우를 받으려고 이란으로 이민을 갈 수도 없고, 어떡하지? 하하하하.

이탈리아, 노르웨이, 스위스, 오스트레일리아는 14세 이상 18세 미만, 핀란드는 16세 이상 18세 미만, 프랑스는 13세 이상 18세 미만, 영국은 8세 이상 17세 미만, 캐나다는 7개 주가 16세까지, 3개 주가 18세까지를 청소년이라 규정하고 있다. 미국은 16세까지를 청소년으로 규정한 곳이 8개 주이고, 17세까지는 11개 주, 18세까지는 24개 주, 19세까지는 1개 주 그리고 21세까지는 2개 주이다.

세계 여러 나라들이 규정하고 있는 청소년의 연령대는 아래 표와 같다.

연령	나라	국가수
15세	이란	1
16세	니카라구아, 브라질(임의적)	2
17세	북한, 인도네시아 등	3
18세	미국, 독일, 영국, 프랑스, 호주, 뉴질랜드, 캐나다, 인도, 필리핀, 중국, 노르웨이, 네덜란드, 스위스, 태국, 브라질, 쿠바, 멕시코, 페루 등	93
19세	오스트리아	1
20세	한국, 일본, 튀니지, 나우르	4
21세	파키스탄, 싱가포르, 말레이시아, 피지, 쿠웨이트, 보츠와니, 몰디브, 코트디부아르, 가봉, 레바논, 아제르바이잔 등	16

우리는 여기서 우리 사회가 정하고 있는 '청소년에 대한 룰'이 어느 사회나 통용되는 게 아니라는 사실을 알 수 있다. "너희들은 청소년이고 미성년자니까 그렇게 대우받는 건 당연해"란 말은 이 세상에 존재하지 않는다. 당연하다는 건 순전히 그것을 제정하고, 집행하고, 강요하는 사람들의 입장일 뿐이다. 이 장에선 맛보기로 흘리지만, 뒤에 가선 본격적으로 이 부분을 파헤쳐볼 예정이다.

17. '미래의 주역'이라는
덫에 걸린 청소년들과 우리 사회

우리나라 어른들은 청소년을 만나면 일단 "꿈이 뭐냐"라고 묻는다. 이게 얼마나 결례이며 폭력인지 아는 어른은 많지 않다. 이 행위는 결혼 안 한 노처녀 노총각에게 "결혼 언제 할 거냐"라고 묻는 것과 같다.

청소년에게 다짜고짜 꿈을 물어보는 건 폭력이다

제발 꿈이 뭐냐고 묻지 좀 마라. 그냥 좀 내버려둬라. 꿈 알아서 뭐할 건데? 도와주기라도 할 건가? 도와준다면 어떻게? 이런 태도들이 폭력적이란 걸 어른들은 모르는 모양이다. '청소년=꿈'이란 건 어른들이 세운 공식일 뿐이다. 사실 청소년에게 꿈은 여러 많은 것들 중의 일부일 뿐이다. 청소년이라면 누구든 가지고 있어야 하고, 없으면 뭔가 이상하고 모자라는, 그런 게 아니다. 까짓 꿈이 없으면 어떠냐.

어른들이 왜 그런가 봤더니, 청소년을 미성년자로 보는 '우리 사회가 청소년을 대하는 대표적 자세'에 그 해답이 들어있었다. 미성년자의 '미'자와 미래의 '미'자는 둘 다 '未'자를 쓴다. 뜻은 '아직 미, 모자랄 미'다. 청소년을 아직 모자라는 존재, 그래서 미래에 가 있어야 할 존재로 보는 거다. 말하자면, 청소년은 현재를 누려선 안 되는 존재처럼 만들어버렸다. 이렇게 '청소년은 미래를 위해서 현재를 포기하거나 자제해야 하는 시스템'을 작동해왔다.

청소년을 위하는 시설이나 상담센터 그리고 학교의 주된 관심사는 '진로지도와 상담'이었다. 학교 공부도, 학원 공부도, 친구를 만나는 것도, 스마트폰을 하는 것도, 쉬는 것도 모두 '미래'에 초점이 맞춰져 있다.

그래서 학교와 학원 그리고 청소년 시설이나 상담센터에서는 청소년들에게 일찌감치 '미래를 위해서 많은 것을 포기하는 법'을 가

르쳐왔다. 정작 어른들은 '지금 여기에'니 '카르페디엠'이니 온갖 멋진 척은 다하면서 말이다. 다시 말하지만, "청소년은 사람이 아니므니다"이다.

미래 때문에 지금의 행복을 유보하지 않았던 소녀

나는 안성신문과 벼룩시장, 오마이뉴스 등의 기자를 해왔다. 지금도 오마이뉴스에 기사를 내고 있다. 안성신문 기자 시절 내가 만난 두 소녀를 소개한다. 내가 기자로서 인터뷰한 소녀들이자 학교 밖에서 나름의 길을 찾은 소녀들이다. 이 이야기는 나의 책 『학교시대는 끝났다』에 소개되기도 했다.

한 소녀는 정다혜 양이다. 중3 때 휴학을 하고 부모와 함께 10개월간 세계 여러 나라를 일주했다. 물론 이렇게 한 데는 부모의 영향이 절대적이었다. 그녀의 아버지는 조그마한 교회의 목사이고 어머니는 약사였다. 사실 목사인 아버지의 적은 수입으로는 세계여행을 꿈꿀 수 없었다. 부부가 안성에 와서 15년 동안 모은 전 재산과 집을 팔아서 마련한 돈이었다. 여행을 다녀온 후로는 전세로 살고 있다.

내가 쓴 기사가 나간 당시(안성신문 2006년 5월 11일) 정다혜 양은 중3, 16세였다. 또래 친구들이 고등학교 입시 준비를 위해 땀을 흘리는 동안 정 양은 한가로웠다. 2006년 4월 5일에 이미 고입 검정고시에 합격했기 때문이다. 애당초 학교를 그만둘 생각이 없었기에 휴학을 했지만, 세계여행을 하고 돌아온 뒤 생각이 바뀌었다. 더 이상 학교에 다니는 것이 무의미하다는 것을 느꼈기 때문이다. 그리고 2007년 2월에 경북 군위에 있는 대안학교인 간디자유학교로 입학할 예정이라고 밝혔다.

학교에 다니는 친구들은 그녀를 어떻게 바라볼까? 이에 대해 정 양은 "내 또래 아이들이 시험과 공부에 치이면서 사는 것을 보면 정말 잘했다 싶어요. 친구들이 모두 저를 부러워해요. 세계여행 갔다온 것을 부러워하는 게 아니라 시험 스트레스와 밤늦도록 공부 안하고 자유롭게 놀고 있는 것을 보면서 말이에요. 그래서 또래 친구들이 밤늦게까지 공부하고 학원 다니면서 시험 스트레스 받는 거 보면 안타까워요"라고 고백한다.

인터뷰 말미에 정 양의 아버지는 "우리 큰아이가 다니고 있는 대안학교의 모토가 '행복을 유보하지 말라'였어요. 우리나라의 교육은 초등학교 땐 중학교 진학을 위해 행복을 유보하고, 중학교 땐 고등학교 진학을 위해 행복을 유보하죠. 그래서 소중한 우리 아이들은 행복을 유보하지 않도록 해주기로 결심한 거예요"라고 덧붙였다. 그 기사의 제목도 '자녀들의 행복을 유보하지 말라'였다.

충실하게 현재를 살던 이보라 양은 영화감독이 되었다

또 한 소녀는 이보라 양이다. 이 양을 알게 된 것은 평범하게 중학교를 다니던 시절이었다. 그때는 이 양이 아니라 부모들을 주인공으로 인터뷰를 했다. 2005년 7월 5일 안성신문에 '행복 바이러스'라는 제목으로 나간 기사가 바로 그것이다.

이 양의 부모는 모두 청각 장애인이다. 한마디로 말을 하지 못하는 사람들이다. 어머니는 지역에 있는 '농아인협회'에서 수화통역사를 하고 있었고, 아버지는 액세서리 노점상을 하고 있었다. 인터뷰는 그 부부가 목재공장 직원, 호빵장사 등을 하며 고생한 이야기들이 주를 이루었다. 그때 본 이 양은 아주 평범한 소녀였다.

이 양을 다시 만난 것은 그로부터 3년 뒤인 2009년 7월이었다. 안성에 있는 지인으로부터 "안성에 사는 한 소녀가 책을 냈다"라는 이야기를 들었다. 이보라 양이었다. 당장 이 양의 부모에게 연락했다. 이양도 흔쾌히 인터뷰에 응했다. 그래서 탄생한 기사가 '십대소녀 홀로 세계여행, 20세엔 책 내고'(오마이뉴스 2009년 7월 9일)이다.

이 양은 고등학교에 진학했지만, 국제 NGO단체 요원이 되고자 하는 자신의 꿈을 이루기 위해 세계여행을 다녀와야겠다는 마음이 들었다고 당시를 회상했다. 그래서 돈을 직접 모으고, 주변 사람들에게

19금을 금하라

도움을 요청했다. 물론 처음부터 주변 사람들이 호의적이었던 것은 아니다. 이 양의 어머니는 가는 날이 얼마 남지 않은 때까지 완강하게 반대했다. 딸을 가진 어머니의 심정이었다. 하지만 이 양은 어머니를 비롯한 주위 사람들을 설득하고, 도움을 받아 18세의 나이로 세계여행길에 올랐다. 학교를 그만둘 생각은 없었기에 휴학을 한 상태였다.

그녀가 주로 다닌 곳은 인도였다. 중학교 시절 '국제캠프'에서 가본 나라가 인도였기 때문이다. 그리고 베트남, 라오스, 티베트 등 동남아 8개국을 '배낭족'으로 다녔다.

그렇게 세계여행을 마치고 돌아온 이 양은 당장 학교를 그만두었다. 세계를 혼자 돌아본 이 양이 보기에는 더 이상 현재의 학교에 다닐 이유가 없었다. 그리고 자신의 경험을 바탕으로 『로드스쿨러』라는 다큐멘터리를 제작했다. 2008년이었다. 그 후 '제2회 대전독립영화제(2008) 장려상 수상, 제3회 대전독립영화제(2009) 초청 및 수상, 제3회 대단한 단편영화제(2009) 초청, 제11회 서울국제여성영화제(2009) 초청' 등의 영예를 안았다.

이제 청소년들이 '미래의 주역'이 아니라 '현재의 주역'으로 살도록 허하라. 미래는 나의 것도 당신의 것도 아니다. 미래는 오지 않았기에 그 어느 누구도 장담할 수 없다. 오롯이 현재만이 나와 당신의 것이다. 우리 사회에서 청소년이란 굴레를 지고 사는 그들에게도 마찬가지다. '청소년은 미래의 주역'이란 덫에서 이제 빠져나오자.

18. 우리 사회가
청소년에게 19금을 강요하는 진짜 이유

우리 사회가 청소년에게 19금을 강요하는 진짜 이유는 크게 두 가지다. 하나는 유교적 이유이고, 또 하나는 경제적 이유다.

우리 사회에선 '장유유서'가 진리(?)

장유유서란 말이 있다. 삼강오륜(五倫)의 하나로, 어른과 어린이 또는 윗사람과 아랫사람 사이에는 지켜야 할 차례와 질서가 있다는 뜻이다. 우리 사회는 이 장유유서의 원리가 뿌리 깊게 박혀 있다. '지성'을 말하는 대학도, '사랑'을 말하는 종교도 이 법 앞에선 모두 무력해진다.

교통사고가 나거나 길거리에서 시비가 붙었을 때 다짜고짜 "너 몇 살 쳐먹었어"라고 묻는 사람이 적지 않은 것은 모두 '장유유서'의 흔적들이다. "어린 노무 새끼가" 혹은 "아들뻘밖에 안 되는 놈이"란 말도 '장유유서의 강화'에 불과하다. 이렇게 흘러가면 합리적인 잘잘못의 가림은 더 이상 중요하지 않게 된다. 나이가 벼슬인 사회. 나이로 상하관계를 정하는 우리 사회에서 나이가 어린 것은 상당히 불리한 핸디캡에 속한다. 권리나 인권을 침해당해도 말하기 힘든 위치다.

이 책 1장에서 '우리 사회가 청소년을 대하는 대표적 자세'를 말하면서 '잠언 22장 3절'을 언급했다. "슬기로운 자는 재앙을 보면 숨어 피하여도 어리석은 자는 나가다가 해를 받느니라."

이것을 청소년과 관련시켜 말해보자. 슬기로운 자는 성인이고, 어리석은 자는 미성년자라 할 수 있다. 우리 사회는 기본적으로 청소년을 어리석은 자라고 보고 있다. 앞에서 미성년자란 말 자체가 청소년을 '뭔가 모자라는 놈'으로 규정하는 것이라고 이미 말했다.

청소년을 어리다고 보는 것 또한 주목해볼 일이다. '어리다'를 사전에서 찾으면 두 가지 뜻이 나온다. 첫째는 '나이가 상대적으로 적거나 얼마 되지 않다'는 뜻이고, 둘째는 '경험 따위가 모자라 수준이 낮다'는 뜻이다. 청소년을 미성년자라고 보는 시각과 똑같다. 사실 '어리다'는 말은 '어리석다'란 말과 어원이 같다. 청소년을 '모자라는 존재, 수준이 낮은 존재, 어리석은 존재'로 보는 것이 '우리 사회가 청소년을 대하는 대표적 자세'다.

이런 그들에게 자율이란 사치에 불과하다. 그들에겐 '보호와 규제' 그리고 '교육'이 있을 뿐이다. '어리석은 자'들을 위해 '슬기로운 자'

들이 만든 '어리석은 자 보호법'(청소년보호법)에 순종하는 자세만이 중요하다.

"애들은 가라"고 한 이유가 다 있었다

내 어린 시절, 시골장터에 약장수가 뜨면 이내 축제 분위기가 되곤 했다. 정확하게 말하면, 약장수들은 적게는 3명, 많게는 10명까지도 됐다. 허스키한 목소리의 아저씨는 등에 북을 맨 채 이렇게 멘트를 날렸다.

"자. 이 뱀 한번 잡솨 봐. 이렇다 저렇다 말씀 마시고, 일단 한번 잡솨 봐. 축 처졌던 거시기가 일어서고, 집 나갔던 마누라가 돌아오는 바로 이 배암 함 잡솨 봐. 자! 날이면 날마다 오는 게 아니야. 오늘만 오는 오늘자 배암이여!"

그렇게 멘트를 날리면서 뱀 한 마리를 잡고 흔들면, 구경온 사람들은 "꺅" 소리를 지르면서도 좋아했다. 특히 마을 아이들은 신기한 구경거리가 생겼다며 구경하러 몰려다니곤 했다. 이때, 그 아저씨가 회심의 한 방을 날린다.

"애들은 가라. 애들은 가!"

그 시절에는 왜 "애들은 가라"고 그랬는지 몰랐다. 지금은 안다. 아저씨의 멘트가 야해서도 아니고, 교육적으로 좋지 않아서도 아니라는 걸 말이다. 단지, 아이들은 약이나 뱀을 살 돈이 없어서였다.

우리 사회는 자본주의 사회다. '머니머니 해도 머니가 최고'인 사회다. 자본을 가진 자가 '갑'이고 자본을 가지지 못한 자가 '을'일 수밖에 없다. '손님은 왕이다'란 말은 노골적으로 '돈 가진 놈이 왕이다'란 말이다. 자본주의 사이클에서 기업의 상품을 소비하는 소비자는 권력일 수밖에 없다. 교육계에서도 '주머니에 돈 가진 놈'이 교육서비스를 요구하고, 교육을 쇼핑하여 고른다. '가진 놈의 권력행사'가 당연시되는 사회다.

가만히 살펴보면, 우리 사회가 강조하는 '19금'은 모두 경제활동과 연관이 있다. '영화, 섹스, 술, 담배' 등의 영역에 '19금'이란 레테르를 붙인 건 우연이 아니다. 자본 중심으로 돌아가는 사회에선 돈을 가진 자가 강자고, 돈이 없는 자가 약자다. 청소년은 주 소비자가 아니다. 청소년은 단지 자본주의 사회에서 옵션에 불과하다. 우리 사회는 오늘도 청소년들에게 "애들은 가라"고 외치고 있다. 우연인지 필연인지 모를 일이지만, 이 장이 18장이다. 청소년들은 이렇게 말할 것 같다. "이런 18, 청소년은 사람 아이가? 니 늙고 내 젊을 때 보자!"

19. 어른들이
청소년을 무시하는 이유

　바로 앞장인 18장에서 우리는 '우리 사회가 청소년에게 19금을 강요하는 진짜 이유'를 보았다. 그것은 크게 두 가지, 즉 '청소년은 어리고, 돈이 없어서'였다. 그렇다면, 우리 사회 어른들이 청소년을 무시하는 이유도 그럴까? 물론이다. 하지만 우리 사회 어른들이 청소년을 무시하는 진짜 이유는 따로 있다. 이 문제는 너무나 중요하고, 이 책을 쓴 핵심 이유이기도 하기 때문에 3부와 4부에서 한 번씩 또 다룰 예정이다. 이 장을 보다 보면 당신도 '아하'라고 할 게다.

영화 『서프러제트』가 우리에게 말한다

　감명 깊게 본 영화 한 편 소개하겠다. 『서프러제트』(suffragette)다. 영국의 사라 개브론이 감독했고, 우리나라에선 2016년 6월 23일에 개봉했다. 본래 '서프러제트'는 20세기 초 영국과 미국에서 벌어졌던 여성 참정권 운동의 여성운동가를 뜻하는 말이다.

영국 사회의 하층계급에 속하는 세탁공장 노동자 '모드 와츠'(캐리 멀리건 분)는 병약한 아들을 두고 하루하루 벌어서 생계를 꾸려나간다. 그녀의 주요 관심사는 가정의 생존이다. 세탁공장 남자 공장장의 온갖 부당한 대우에도 눈을 질끈 감고 공장을 다닌다.

그녀는 어느 날 거리에서 낯선 풍경을 만난다. 한 무리의 여성시위대가 상점의 유리창을 깨고 불을 지르는 모습이었다. 그녀로서는 이해할 수 없는 행동들이다. 그녀는 또 한 번 자신의 특기를 발휘한다. 자신과는 상관없는 일이라며 눈을 질끈 감아버린 것이다. 그녀에겐 늘 가정이 먼저였다.

세탁공장은 여성이 남성보다 궂은 일을 더 많이 해도 터무니없이 적은 임금을 준다. 여성은 일자리를 지키기 위해 공장장에게 성추행을 당해도 입을 다물 수밖에 없다. 모드 와츠는 자신의 딸이 공장장에게 성추행을 당하고 있다는 것을 알면서도 모르는 척할 수밖에 없는 한 여성의 사연을 알게 된다.

이에 분노한 모드는 서프러제트가 되기를 결심하고, 비밀리에 동지들과 운동을 해나간다. 모드 와츠는 그 과정에서 마을 사람들에게 따돌림을 받고, 세탁공장에선 해고되고, 이혼을 당한다. 아이에 대한 양육권도 주어지지 않았다. 이유는 단 하나, '여성'이기 때문이었다. 이때의 영국 사회에서 아내는 남편의 소유물에 불과했다.

그녀를 비롯한 많은 서프러제트들은 조롱과 폭행을 당하고 투옥된다. 그 와중에 가슴 아픈 사건이 터진다. 1913년 6월 4일, 동료 서프러제트가 사망한 사건이다. 그 주인공은 에밀리 데이비슨(Emily Davison, 1872~1913)이다.

런던 남부 엡섬다운스에서 133년 역사의 경마대회가 열리고 있었다. 오랜 전통에 따라 국왕 조지 5세 소유의 말 엔머도 참가했다. 말들이 결승점을 앞두고 코너를 돌 때 엔머는 끝에서 세 번째로 달리고 있었다. 갑자기 관중석에서 "앗!" 하는 탄성이 들렸다. 한 여성이 울타리 밑을 지나 경마코스 안으로 들어가더니 전속력으로 질주하던 엔머 앞으로 몸을 던진 것이다.

에밀리의 죽음은 남녀평등에 대한 대중의 지지를 끌어냈다. 에밀리의 장례식날, 영국 전역의 여성들이 함께 들고 일어났다. 그녀가 죽은 지 5년 후인 1918년 영국 여성들은 처음으로 투표권을 획득했다.

스위스도 1971년에야 여성참정권 인정

그거 아는가. 우리 인류가 여성에게 투표권을 허용한 것은 최근이라는 것을. 세계 각국이 여성참정권을 허용한 연도는 이렇다. 뉴질랜드(1893), 오스트레일리아(1902), 핀란드(1906), 노르웨이(1913), 러시아(1917), 캐나다(1918), 독일·오스트리아·폴란드·체코슬로바키아(1919), 미국·헝가리(1920), 영국(1918, 1928), 미얀마(1922), 에콰도르(1929), 남아프리카공화국(1930), 브라질·우루과이·타이(1932), 터키·쿠바(1934), 필리핀(1937) 등이다.

나라별 여성 참정권 현황

연대	나라
1800년대	뉴질랜드(1883, 피선거권은 1919년)
1900년대	핀란드(1906, 유럽 최초 보통선거, 1907년 세계 최초의 여성의원 19명 배출)
1910년대	노르웨이(1913), 덴마크(1915), 소비에트연방(1917), 캐나다(1918), 영국(1918, 30세 이상, 21세 이상은 1928년), 독일·네덜란드(1919)
1920년대	미국(1920, 노예들은 1870년), 미얀마(1922), 에콰도르(1929)
1930년대	남아프리카공화국(1930), 태국·우루과이(1932), 터키·쿠바(1934), 필리핀(1937)
1940년대	프랑스(1944, 남성에겐 1848년), 일본(1945), 북한·중국(1946), 한국(1948), 인도(1949)
1970년대	스위스(1971)
1990년대	카타르(1999)
2000년대	오만(2003), 쿠웨이트(2005), 아랍에미리트(2006), 부탄(2008)
2010년대	사우디아라비아(2015)

민주주의를 기본헌법정신으로 한다는 미국이 1920년에야 여성 참정권을 허용했고, 현대 민주주의의 메카로 불리는 프랑스는 1944년에 가서야 전체 여성의 참정권을 허용했다. 심지어 스위스는 1971년에야 여성의 투표를 허용했다. 중동의 이슬람국가들은 더 늦다. 카

타르(1999), 오만(2003), 쿠웨이트(2005), 아랍에미리트(2006), 부탄(2008) 등이다. 사우디아라비아는 2015년에 여성참정권을 인정했다. 그동안 사우디아라비아가 여성참정권을 인정하지 않은 이유는 "월경이 정치적 판단을 흐리게 한다"라는 것이었다.

참정권 허용 여부는 왜 중요한가

왜 이런 이야기를 길게 했을까? 여성참정권이 없던 시절에 여성의 법적 권리는 없었다. 여성의 권리가 법적으로 보장되는 시점은 정확하게 여성참정권이 허용되는 시점이다. 이슬람국가들의 '여성차별'이야 익히 아는 일이지만, 민주국가 영국에서도 여성참정권이 없던 시절엔 여성이 강간을 당하고, 차별을 당해도 참고 살아야만 했다. 남성이 여성을 무시하는 것은 단지 여성의 참정권이 없었기 때문이었다.

그렇다면, 어른들이 청소년을 무시하는 이유도 마찬가질까. 그렇다. 아니 매우 그렇다. 내가 사는 안성지역을 토대로 그 근거를 대고자 한다.

2017년 6월 16일, NSP통신(경제뉴스통신사)에 재밌는 기사가 하나 올라왔다. 기사 제목은 "안성시, 노인복지서비스 지수 전국 4위 '우수'"다. 경기도 안성시가 전국 251개 시·군·구 노인복지서비스 4위라는 보고다. 인구 18만 명의 작은 농촌도시이며, 예산이 매년 적자인 도시에서 이룬 쾌거(?)다. 기사를 좀 더 자세히 들여다보자.

"연구진이 보건복지부의 노인복지 현황 데이터(2015년)를 토대로
분석한 결과 안성시는 지역별 노인인구 대비 요양병원 10곳을 비롯
해 150여개소의 의료시설이 있으며 노인복지관, 경로당 등 노인복지
시설 509개소, 관련 종사자 1,000여 명으로 노인복지 서비스 지수가
높게 분석됐다.

지난 4월 말 현재 안성시 인구수는 약 18만 2,761명이며 이중 노인
인구수(만 65세 이상)는 2만 7,225명으로 전체 인구의 약 14.9%에 이른
다. 시는 2만 7,000여 명에 이르는 안성시 거주 어르신들을 대상으로
따뜻한 노인복지서비스 향상과 건강하고 안정된 노후생활을 지원하
기 위한 다양한 노인복지사업을 추진하고 있다.(중략)

시는 지난해에 경로당 신축 및 시설 개보수비로 31개 경로당에
7억 5,000여만 원, 올해 7억 700여만 원을 지원해 어르신들이 더욱
안전하고 편안하게 경로당을 이용할 수 있도록 적극적으로 노력하
고 있다."

안성시가 노인들을 잘 모신다는 데 뭐가 문젤까. 보기 좋은 일이
고, 칭찬받을 일이다. 문제는 그에 비해 안성 청소년들에 대한 대우
가 빈약하기 그지없다는 점이다. 청소년을 위한 단체는 없다시피 하
다. 2016년까지 안성 관내에서는 '안성시청소년문화의집 그루터기'가

유일한 청소년 단체였다. 그나마 안성시가 운영하는 소위 관변단체다. 2017년에 가서야 한국청소년복지문화원 안성지부가 생겨났다. 청소년복지센터나 청소년문화센터는 꿈도 못 꾼다. 2017년 현재, 청소년수련관을 언젠가는 지어보겠다는 안성시의 계획이 있을 뿐이다.

3장에서 살펴보았듯이, 청소년은 주민이 아니라서(?), 청소년 관련 사업 주민공청회조차 한 번도 불려간 적이 없었다. 이 모든 일이 민선 시장체제가 되면서 더 확고해진 건 우연이 아니다.

안성시의 노인정책과 청소년정책은 왜 이리도 차이가 날까. 아니, 어찌 안성뿐이랴. 전국 어느 도시에서나 흔히 만나는 일이라 놀랍지도 않다. 하지만 사람들은 모두 당연한 것처럼 받아들이는 듯하다. 마치 여성참정권이 없던 영국에서 여성들이 부당한 대우를 받고 성추행을 당해도 당연하게 여기던 것처럼 말이다. 우리 사회에서 어른들이 청소년을 무시하는 진짜 이유는 '청소년의 참정권 부재'다. 정부와 정치인들이 청소년을 무시하는 이유이기도 하다.

20. 대한민국 청소년들은 불행(?)
그럼에도 출구는 있다

참 이러기도 쉽지 않다. 이렇게까지 한결같을 수 있을까? 뭐냐고?

'우리나라 청소년 행복지수'다. 더 정확하게 말하면 2010년부터

OECD 청소년 설문 '삶에 만족한다'(단위: %, 평균은 2010년)

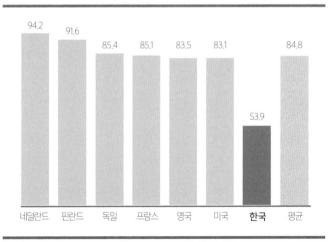

* 자료출처 : 연세대사회발전연구소, 한국방정환재단, 2010년

2016년까지 우리나라가 이룬 '꼴찌 경력'이다. 말로 설명하는 것보다 그래프로 보면 한눈에 알 수 있을 것 같아 준비했다. 단, 양해를 구한다. 2009년 자료는 아무리 찾아도 없어서 못 올렸고, 2015년엔 조사 대상인 OECD 20개국 중 우리나라가 19위(꼴찌는 아니어서)를 해서 올리지 않았다.

2010년~2016년 우리나라 청소년 행복지수는?

주관적 행복지수 순위(단위: 점수, 평균은 100점)

	국가	행복지수
1	스페인	113.6
2	그리스	112.5
3	네덜란드	110.3
4	오스트리아	108.2
5	스위스	106.95
6	스웨덴	106.8
7	이탈리아	106.1
8	아일랜드	105.95
9	핀란드	104.73
10 ⋮	미국 ⋮	102.58 ⋮
23	한국	65.98

* 자료출처 : 연세대사회발전연구소, 한국방정환재단, 2011년

OECD 국가의 어린이·청소년 주관적 행복도

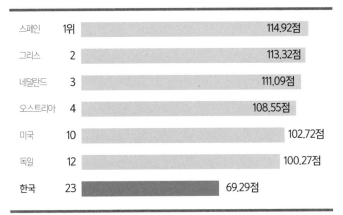

스페인	1위	114.92점
그리스	2	113.32점
네덜란드	3	111.09점
오스트리아	4	108.55점
미국	10	102.72점
독일	12	100.27점
한국	23	69.29점

* 자료출처 : 한국방정환재단, 연세대사회발전연구소, 2012년

OECD 국가의 어린이·청소년 물질적 행복도

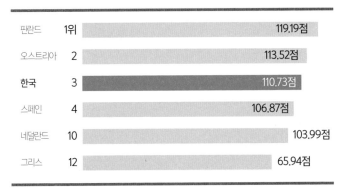

핀란드	1위	119.19점
오스트리아	2	113.52점
한국	3	110.73점
스페인	4	106.87점
네덜란드	10	103.99점
그리스	12	65.94점

* 자료출처 : 한국방정환재단, 연세대사회발전연구소, 2012년

OECD 주요국 아동 '삶의 만족도'
OECD 비교 기준(100점 만점)

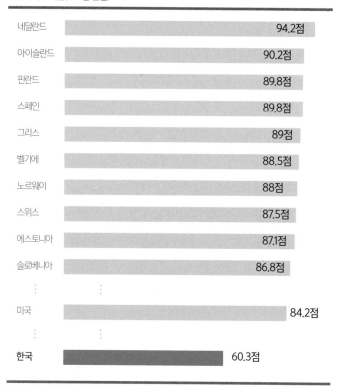

네덜란드	94.2점
아이슬란드	90.2점
핀란드	89.8점
스페인	89.8점
그리스	89점
벨기에	88.5점
노르웨이	88점
스위스	87.5점
에스토니아	87.1점
슬로베니아	86.8점
⋮	
미국	84.2점
⋮	
한국	60.3점

* 자료출처 : 보건복지부, 2013년

19금을 금하라

청소년 삶의 만족도(단위: %, 2014년)

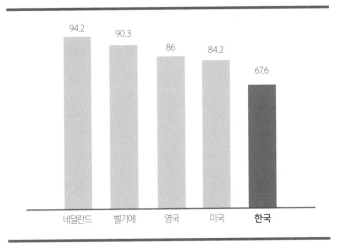

*자료출처 : 연세대사회연구소, 한국방정환재단, 2014년

OECD 주요국 청소년 행복지수

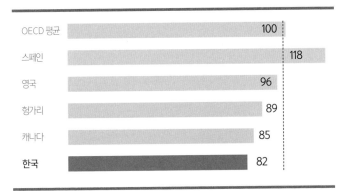

*자료출처 : 한국방정환재단, 연세대학교사회발전연구소, 2016년

우리나라 청소년들은 '19금'에 질식해 죽어가고 있다

우리나라 청소년들은 어느 정도 자신들이 불행하다고 느낄까? 다음 수치를 보면 단박에 알 수 있다.

조사대상 청소년 중 3.6%가 심각하게 자살을 생각했다. 3.6%의 청소년 중 26%가 실제로 자살을 시도했다. 불행감이 차고 넘치고, 도저히 빛이 보이지 않을 때 사람들은 자살을 선택하곤 한다. 우리의 청소년들이 그러고 있다는 안타까운 보도다.

2016년 조사는 좀 더 충격적이다. 자살충동을 느낀 적이 있다는 고등학생은 26.8%, 중학생은 22.6%, 초등학생은 17.7% 등으로 나왔다. 심각한 줄은 알았지만, 이 정도일 줄은 차마 몰랐다. 기성세대의 어른으로서 이런 환경을 물려받게 된 청소년들에게 많은 책임감을 느낀다.

사실 '19금'의 주범은 가정이었다

우리나라 청소년들이 불행함을 느끼는 이유를 여러 매체에서 다양하게 분석했다. 그 가운데 이 책의 주제에 맞는 부분만 살펴보고자 한다. 다음 표를 한번 보시라.

19금을 금하라

아동의 5대 스트레스 원인

(단위: 점, 1점 '전혀 그렇지 않다', 4점 '매우 그렇다')

숙제나 시험 때문에	2.47
성적 때문에 부모님으로부터	2.30
부모님과 의견 충돌	2.25
대학 입시에 대한 부담	2.18
부모님의 지나친 간섭	2.17

* 자료출처 : 보건복지부, 2013년

위의 표만 보면 우리나라 부모들이 선천적으로 악하거나 자녀를 괴롭히는 게 취미인 사람들로 비칠 수 있겠다. 사실 부모들이 원치는 않지만, 그런 면이 심하기도 하다. 15장에서 '19금의 주범이 학교'라고 말하긴 했지만, 사실 '19금의 주범은 가정'이라고 해도 전혀 섭섭하지 않다.

예컨대, 당신의 집에서 자녀들에게 어느 정도 자유와 권리를 보장해주는가 살펴보라. 초등 아들이 학원을 안 가고 싶다고 하면 허락하는가. 초등 딸이 화장을 하고 싶다고 하면 허락하는가. 중등 딸이 담배를 피운다고 하면 허락하는가. 중등 아들이 밤늦게까지 컴퓨터 게임을 한다면 허락하는가. 고등 아들이 대학교 진학을 하지 않겠다고 하면 허락하는가. 고등 딸이 고등학교를 그만두겠다고 하면 허락하는가.

가정에서부터 우린 알아야 한다. 부모들이 얼마나 청소년들에게 독재자이자 권력자인지를. 부모가 "딸, 지금부터 부모라는 권위를 내려놓고 이야기할 테니까, 하고 싶은 이야기 다 해봐"라고 하면, 딸이 이야기할까? 그렇지 않다는 건 겪어봐서 안다. 그렇다. 아무리 권위의식이 없고 열린 부모라고 할지라도, 자녀에게 부모란 돈줄을 쥐고 있는 '권력자'다. 태생부터 동등하기 쉽지 않다는 것쯤은 자녀들도 잘 안다.

부모가 자녀들에게 "나는 관대하도다. 나는 관대하도다"라고 해도, 자녀들은 속으로 "참 지랄하고 계십니다"라고 할 수 있다. 이쯤 되면 현명한 부모는 알아야 한다. 나의 '관대함'이 청소년들에겐 또 다른 억압으로 갈 수도 있다는 걸 말이다. 이게 다 '나의 경험담'이자 '참회록'이다. 우리 사회의 가정은 '19금'을 굳히는 데 막중한 일역을 담당하고 있다.

'아동의 5대 스트레스'를 잘 살펴보자. '숙제나 시험, 성적 때문에 부모님으로부터 받는 스트레스, 부모님과 의견 충돌, 부모님의 지나친 간섭' 등이 부모들의 직접적인 '악역'이다. 나머지 '대학입시에 대한 부담'조차 부모들이 자녀들에게 제일 많이 주는 스트레스 요인이라는 건, 대한민국 국민이라면 다 알고 있다.

그럼에도 출구는 있다

하지만, 앞에서 잠시 언급한 대로, 우리 부모들이 '자녀 괴롭히기'가 취미인 사람들은 아니다. 오히려 잘해보려고 애쓰는 선량한 부모들이 대부분이다. 그렇다면 뭐가 문제인가. 바로 사회 시스템이다. 부모들이 불안해서 자녀들을 조이는 것도, 자녀들이 두려워서 저항하지 못하고 말라가는 것도, 모두 우리 사회가 만들어놓은 시스템 때문이다. 부모도 자녀도 우리 사회 시스템의 피해자들이다. 물론 그 시스템을 만든 것은 부모 세대들이지만 말이다.

여기까지 말하고 나니 더 답답할 수도 있지만, 한편으론 출구가 보이기도 한다. 우리 사회가 쳐놓은 '19금'의 덫에 걸려 파닥거리는 청소년들이나, 그것이 보편타당한 길이라고 여기며 청소년들을 억압하는 부모들에게 빛이 하나 생겼다. 그 출구는 바로 '시스템'을 바꾸면, 희망이 있다는 거다. '시스템의 혁명'을 위해 이 책은 쓰여졌고, 3부와 4부에서 그 혁명적인 길들을 찾아보고자 한다. 기대해도 좋다.

19금_을
금하라 **1 9**

제 3 부

전 [轉]

'19금'을 금하라

21. '차별수업'에서 건진
혁명적 힌트

숨 가쁘게 달려왔던 길에서 이제 전환을 맞이할 때가 되었다. '19금을 금하라'라는 주제는 우리에게 '무엇을, 어떻게' 금할 것인가를 요구한다. 그 전환의 시작으로 우리에게 혁명적인 힌트를 줄 책 한 권을 소개하겠다. 『푸른 눈 갈색 눈』(윌리엄 피더스 지음, 한겨레 출판)이다. 이 장은 그 책을 소개하는 데 할애하겠다. 어떻게 그 내용이 '19금을 금하라'와 절묘하게 닿아있는지 생각하면서 보기를 바란다.

마틴 루터 킹 목사 암살, 그 후에 뭐라도 해야 했다

1968년 4월 4일, 충격적인 사건이 미국 멤피스에서 일어났다. 흑인 인권운동가 마틴 루터 킹 목사가 암살을 당한 것이다. 미국 전역이 충격에 빠졌다. 아이오와주 라이스빌의 초등학교 교사 제인 엘리어트는 가만히 있을 수가 없었다. 뭐라도 해야 했다. 마치 '세월호 참사' 이후 뭐라도 해야 했던 내가 이 책을 내게 된 것처럼 말이다. 그녀는 오랫동안 생각해왔던 '그것'을 실행에 옮겼다.

자칫하면 초등학교 3학년인 자기 반 아이들 28명을 불행하게 만들 수도 있는 모험이었다. 잠깐 동안이지만, 아이들은 그녀가 자신들에게 겪도록 한 일에 분개하고 그녀를 싫어하게 될 터였다. 하지만, 그녀는 시작했다. 아니 시작해야만 했다. 킹 목사의 죽음이 그녀로 하여금 그 일을 시작하게 만들었다.

그녀는 아이들에게 물었다. "인종차별에 대한 경험을 할 건데, 함께하겠니? 우리가 정말 차별을 경험해보지 않으면, 그게 어떤 기분인지 알기 어려울 거니까." 아이들은 주저없이 "예"라고 대답했다. 이로써 '진짜' 역사적인 수업이 시작되었다.

라이스빌은 인구가 898명에 불과한 작은 마을이었다. 마을엔 흑인이 한 명도 살지 않았다(제인 엘리어트도 백인이었다). 주민들은 친척이나 대중매체를 통해 흑인에 대한 이야기를 들을 뿐이었다. 어쩌면 인종차별과는 무관할 수도 있는 마을이었다.

엉뚱한(?) 수업은 시작되고…

제인은 먼저 아이들을 '푸른 눈'과 '갈색 눈'으로 나누었다. 그리고 '푸른 눈'을 가진 아이들이 '갈색 눈'을 가진 아이들보다 더 우월하다고 설명했다. '갈색 눈'을 가진 아이들은 멀리서도 알아볼 수 있도록 수건을 씌웠다.

'푸른 눈'의 아이들에게는 '갈색 눈' 아이들과 놀지 말라고 지시했다. '갈색 눈' 아이들에겐 놀이터에 있는 기구도 못 쓰게 하고, 점심도 조금만 먹게 하고, 쉬는 시간도 적게 주었다. 물론 '푸른 눈' 아이들에겐 그 반대의 혜택을 줬다.

그날의 규칙을 열거할수록 '푸른 눈' 아이들의 기쁨은 커져갔고, '갈색 눈' 아이들의 불편함은 늘어났다. 수업을 시작하고 얼마 지나지 않아서 아이들은 금방 두 집단으로 갈라졌다. 조금 전까지만 해도 잘 놀던 친구들이 원수지간이 되었다.

'푸른 눈' 아이들은 친구의 이름을 알고 있으면서도 "어이 갈색 눈"

이라고 불렀다. '갈색 눈' 아이들은 "이름을 불러달라"라며 반발했다. 하지만 '푸른 눈' 아이들은 콧방귀도 뀌지 않았다. 차별과 편견은 아주 빨리 전염되었다. '갈색 눈'의 한 아이가 실수를 하자(평소에 하던 실수였다), "거봐. '갈색 눈'이 어련하시겠어"라며 비아냥댔다.

아이들을 상대로 말하기와 듣기 시험이 치러졌다. 신기한 일이 벌어졌다. '푸른 눈' 아이들은 평소보다 성적이 훨씬 오른 반면, '갈색 눈' 아이들은 평소보다 성적이 형편없이 낮게 나왔다. '푸른 눈'들은 어깨에 힘이 들어가고, 표정이 밝아졌다. '갈색 눈'들은 어깨도 움츠러들고, 세상을 다 잃어버린 듯한 표정이었다.

제인도 생전 처음 하는 수업이어서 상황을 정확하게 예상치 못했지만, 이 정도로 아이들이 서로를 증오하고 질시할 줄은 꿈에도 몰랐다. 단지 실험일 뿐인데도 아이들은 둘로 나뉘어 마치 오랫동안 그렇게 살아온 것처럼 행동했다. 연기가 아니라 실제로 그런 삶을 사는 듯 보였다.

다음 날이 되었다. 약속대로(?) 역할을 바꾸었다. 어제 상류층이었던 '푸른 눈'은 하류층으로, 어제 하류층이었던 '갈색 눈'은 상류층으로. 아침 수업이 시작되자마자 표정부터 역전이 되었다. '푸른 눈'은 일그러지고, '갈색 눈'은 환하게 펴졌다. 차별과 억압의 쓴맛을 보았던 '갈색 눈'은 어제의 기억을 떠올리며 머뭇거리는 듯하더니, 언제 그랬냐는 듯 '차별본성'(이렇게 말하는 이유를 23장에서 밝히겠다)을 드러냈다.

아이들만 바뀐 채 전날과 똑같은 현상이 나타났다.

이 실험은 시작에 불과했다

이 실험을 끝낸 뒤 아이들은 서로를 끌어안으며 눈시울을 적셨다. "친구들을 잃는 줄 알았어요"라며. 제인도 하마터면 울 뻔했다. 아이들에게 상처를 주는 실험이 옳은 것일까를 생각하게 하는 장면이다.

아이들은 '열등한 체험'에 대해 "기분이 더러웠다. 몹시 역겨웠다. 내가 작은 사람인 것처럼 느껴졌다. 울고 싶었다. 낙오자가 된 것 같은 기분이 들었다"와 같은 느낌을 말했다. 반면 '우등한 체험'에 대해서는 "좋았다. 내가 뭔가 된 듯했다. 자신감이 생겼다"와 같은 느낌을 말했다. 아이들은 '우등한' 체험보다 '열등한' 체험이 더 마음에 남았다고 했다. 하지만 "열등한 체험이든 우등한 체험이든 사실은 별로 좋지 않았다"라고 고백했다.

이 실험 이후 아이들은 놀랍도록 변화했다. 그 변화에 놀란 것은 아이들의 부모와 가족들이었다. 동생을 잘 돌보고, 친절해졌다. 학교 성적도 모두 올랐다. 또래 아이들보다 정신적으로도 훨씬 성숙해졌다. 더 놀라운 것은 이러한 변화가 일시적이 아니라 나이가 들어서도 이어졌다는 점이다. 이 실험이 아이들 삶의 전환점이 된 것이다.

실험 대상이었던 아이들은 14년 후에 미니동창회를 열었다. 그들은 다시 만났을 때도 여전히 그 실험을 잊지 않고 있었을 뿐 아니라, 그날 이후 가치관과 인생이 완전히 달라졌음을 이구동성으로 고백했다. 그들 중 교사가 된 한 아이는 자신의 제자에게도 이 수업을 시켰다고 했다. 도대체 이들에게 무슨 일이 생겼던 것일까.

이 수업을 사람들은 '차별수업'이라고 불렀다. 제인은 이후로도 자신의 반 아이들을 상대로 '차별수업'을 실시했다. 미국의 한 방송국은 이 실험을 처음부터 끝까지 옆에서 지켜보며 영상에 담았다. 그 결과물이 바로 『분열된 학급』(A class divided)이라는 제목의 다큐멘터리다. 그 파장은 일파만파로 퍼져갔고, 미국의 여러 학교에서 같은 수업을 하기에 이르렀다. 심지어 어른들을 상대로 '차별수업'을 하기도 했다.

라이스빌이라는 미국의 한 작은 마을에서 이루어진 수업이 이제 미국을 넘어 세계에 영향을 끼치고 있다. 이 수업과 책은 '차별과 인권'을 말하는 곳이라면 어디서나 필요한 '교과서'와 같아졌다. 오늘 당신과 내가 이 책을 살펴보게 된 것도, 그 역사의 한 물줄기라 할 수 있다. 우리 책의 3부와 4부는 이 심상을 바탕으로 써나가게 될 것이다.

22. 누가 우리 사회의 기준을 정할까 – '청소년'을 '초년'으로

당신과 나는 내내 '우리 사회가 청소년을 대하는 대표적 자세'를 말해왔다. 이쯤 되면 궁금해진다. 그 자세가 문제라면, 그 자세는 누가 정한 것일까? 누가 처음 시작한 것일까? 지금도 그 자세를 정해주고 유지시키는 사람들이 있을까? '차별수업'에서의 제인 엘리어트와 같은 역할을 하는 사람이 우리 사회에도 있을까? 유심히 살펴볼일이다.

왜 아이들은 차별하자는 교사의 말에 저항하지 않았을까?

『푸른 눈, 갈색 눈』에서 제인 엘리어트는 이렇게 묻는다. 왜 아이들은 그렇게도 자연스럽게, 마치 오랫동안 그래왔던 것처럼 차별을 했을까? 그리고 그 이유를 다음과 같이 밝힌다.

"아이들은 태어날 때부터 지금까지 계속 권위를 존중해야 한다고 배워왔다는 사실을, 그리고 그것이 아이들이 저항하지 않은 이유 중 하나라는 것을. 권위에 대한 복종이 이 나라에서 인종차별이 지속되는 이유 중 하나가 아닐까?"(54쪽)

청소년 차별도 그렇지 않을까? 물론 그렇다. 우리는 모두 청소년 시절부터, 그보다 더 어린 시절부터 '권위에 대한 복종' 즉 '말 잘 듣는 착한 아이'가 되기를 강요받아 왔다. 이렇게 강요받은 청소년은 문지도 따지지도 않고 청소년에게 복종을 강요하는 어른이 된다. 악순환은 계속되고 있다.

대다수의 사람들이 '청소년 차별'을 당연하게 여기고, 그것을 믿고 실행하는 단계가 있을까? 제인 엘리어트는 다음과 같이 말한다.

"한 집단 또는 다른 집단이 열등하다고 말할 때 아이들이 왜 그 말을 믿는지, 이 실험을 함께한 각각의 반 아이들에게 물어보았다. 대답은 늘 똑같았다. 아이들은 처음엔 반신반의하면서도 나의 말을 믿는다. 내가 교사이기 때문이다. 그 후 아이들은 한 집단 또는 다른 집단이 열등하다는 걸 스스로 봤기 때문에 내 말을 믿는다. 물론 아이들은 실험 이전에도 그런 현상을 보아왔다."(134쪽)

청소년 차별도 마찬가지다. 아니, 세상의 모든 차별이 그렇다. 권력과 권위가 있는 누군가가 사회의 기준을 정하면, 그것이 곧 사회규범이 되고 법이 된다. 그 기준이 한 사람의 머릿속이 아니라 대중의 생각에서 나왔다 할지라도, 그것을 규합하여 권위로 결정하는 존재나 집단은 따로 있게 마련이다.

처음에 이러한 규범이 시행될 때 사람들은 반신반의하거나 저항할 것이다. 아마도 우리 근대역사에서 '갑오개혁'이 단행될 때 그랬으리라. 하지만, 시간이 지나면 사람들은 거기에 적응하게 된다. 뿐만 아니라 스스로 그것이 진리라고 믿게 된다. 차별규범을 받아들인 사람은 '차별은 하늘의 뜻이요, 자연의 이치'라고 믿는다. 조선왕조 500년 동안 '양반과 상놈은 하늘이 정해준 것'이라고 믿었던 것처럼 말이다.

누군가가 '아니오'라고 말하는 바로 그 시점이 사회와 문명의 변환점이 된다. '청소년 차별'도 누군가가 수없이 말해왔고, 이 책에서 송상호도 말하고 있다. 제인 엘리어트가 다음과 같이 말했던 것처럼.

"단지 누군가가 무엇을 사실이라고 말했다고 해서, 단지 사회가 어떤 사실을 이미 확립된 것인 양 취급한다고 해서, 그것 자체가 사실을 만들 수 없다는 점을 아이들이 알기를 바란다."(137쪽)

그녀는 이어서 "권위가 틀렸다는 사실을 알게 되었다면, 거기에 의문을 제기하는 것이 건강하다는 교훈 말이다"(55쪽)라고 강조한다. 자신의 반 아이들을 상대로 굳이 차별수업을 행한 이유를 밝힌 셈이다. 말 그대로 어떠한 권위든 절대적이지도 무조건 옳지도 않다. 그 권위가 틀릴 수 있다는 가능성을 열어놓고, 틀렸다면 언제든지 갈아치우고 수정할 수 있는 사회가 건강한 사회다.

이제 청소년에 대한 새로운 이름과 정의가 필요하다

『푸른 눈, 갈색 눈』 말미에 소개된 또 하나의 실험이 있다. 종교분쟁이 심한 레바논에서 소년 18명(기독교인 10명과 모슬렘 8명)을 대상으로 캠프를 시작했다. 그리고 소년들을 '푸른 유령' 팀과 '붉은 요정' 팀으로 나누었다. 예상대로(?) 두 팀은 처절하게 싸우기 시작했다. 너무 살벌해서 결국 게임을 그만두었지만, 놀라운 것은 '기독교인 vs 모슬렘'이 아니라 '푸른 유령 vs 붉은 요정'으로 싸웠다는 사실이다. 말하자면 청소년들은 목숨을 걸고 서로 싸우던 자신의 '종교'가 아니라 캠프에서 구분해준 '팀'을 선택했다. 이를 통해 우리 사회의 기준을 나누는 세력이 건강하고, 그 기준 또한 건강하다면 우리 사회는 언제든지 건강하게 바뀔 수 있다는 희망을 본다.

우리 사회는 여성은 여성다워야 하고 남성은 남성다워야 한다고 오랫동안 이야기해왔다. 여자 하면 '눈물, 예쁨, 연약함, 미스코리아,

육아, 조신함, 현모양처' 등을 떠올리라고 했다. 남자 하면 '강함, 주먹, 힘, 울지 않음, 가장, 리더십, 책임감, 권위, 싸움' 등을 떠올리라고 했다. 여자가 여자답지 못할 때, 남자가 남자답지 못할 때, 우리 사회는 페널티를 적용했다.

마찬가지로 '학생은 학생다워야 한다' 또는 '청소년은 청소년다워야 한다'는 레테르를 강조해왔다. 학생다운 자세는 이런 것이다.

"짧은 머리에 복장은 단정해야 하며, 예의 바르고, 공부를 열심히 하고, 어른에겐 순응적이고, 19금은 필수이고, 미래의 주인공이되 현실의 주인공은 되지 말아야 한다. 자신들을 위해 만든다는 법에도 한마디 보태지 말고, 주민설명회 같은 데는 가면 안 된다. 어른들이 주민을 위한 사업에 자신들을 이용해 먹어도 아무 말도 하지 말아야 한다. '고3도 투표를 하게 해달라'고 그렇게 말해도 무시를 당하고, 급기야 세월호 안에서 '가만히 있어라' 해놓고 그 말을 들었더니 몰살을 당해도 가만히 있어야 한다."

'학생다움 = 정상'이고, '학생답지 못함 = 비정상'이라는 기준이 은연중에 우리 사회에서 통용되고 있다. 이 기준을 어떻게, 누가 바꿀 것인가. 아예 '학생다움, 청소년다움'의 새로운 정의가 필요하다.

'청소년'을 이제부터 '초년'이라고 부르자

우리 사회에서는 한때 '장애인'을 '장애자'라고 했다. 이후 많은 저항과 투쟁의 결과물로 '장애인'이라는 사회적 합의를 이끌어냈다. 이후 '장애우'라는 말로 격상(?)시키려다가 '장애인'이 적합하다고 다시 합의했다. '장애인과 일반인'이라는 구분이 잘못 되었다는 합의도 했다. '장애인과 비장애인'이란 표현이 옳은 말이라는 것이다.

그렇다면 이제 청소년도 '청소년과 어른' 대신 '청소년과 비청소년'이라고 표현해야 하지 않을까? 하지만 나는 반대다. '청소년'이란 표현 자체에 딴죽을 건 나의 견해를 앞에서 봤으리라. '청소년'이란 단어를 바꾸는 것은 단순히 국어사전의 단어를 바꾸는 것을 넘어선다. '우리 사회가 청소년을 대하는 대표적 자세'를 바꾸는 혁명적인 일이다. 새로운 패러다임을 취하는 일이다.

이 글을 쓰면서 생각해봤다. '청소년'을 뭐라고 부를까? '청시년-청년을 시작하는 시기, 청초년-청년이 처음인 시기, 소청년-작은 청년의 시기, 준청년-청년을 준비하는 시기' 등등을 고민해봤다. 모두 마땅찮다. '청소년'이란 말을 그대로 두고 우리의 자세만 바꾸면 되지 않을까 싶기도 했다. 하지만 우리 사회에 뿌리박은 '청소년보호법 정신'이 생각나서 다시 '아니 될 일이다'로 자세가 바뀌었다. 게다가 다른 연령대 즉 청년이나 장년, 중년 노년과 달리 세 글자로 되어 있는 것도 청소년기 자체의 고유함이 없이 청년기에 이르지 못했다는 걸 강조하는 것으로 보인다.

그래서 이번에는 '청소년'을 영어로 뭐라고 하는지 사전을 찾아봤다. 'teenagers(10대, 즉 나이가 13~19세인 사람), adolescent(어른의 냄새가 나는 시기, 즉 미성년자), youth(젊은이 즉 청춘)' 등이다. 그중 가장 적합해 보이는 것이 'teenagers'인 것 같다. 하지만, 우리 사회에서 10대란 어감은 왠지 '무슨 일을 저지를 것만 같은 질풍노도의 시기'라고 말하는 듯하다. 한글로 '십대'라고 하면, '십'이란 글자 때문에 욕과 비슷해 보이기도 해서 별로다.

찾고 찾다가 결국 찾았다. '초년'(初年)이란 단어다. 일단 세 글자가 아니고 두 글자다. 그것은 곧 어느 시기에 딸린 존재가 아니라 그 시기 자체가 고유하다는 말이다. 사전적 의미는 두 가지다. 하나는 '사람의 일생에서 초기, 곧 젊은 시절을 이르는 말'이고, 또 하나는 '여러 해 걸리는 어떤 과정의 첫해 또는 처음 시기'란 뜻이다. 다른 시기와 글자 수도 맞고, 그 시기의 고유함도 찾았을 뿐만 아니라, '일생의 초기 젊은 시절'이라는 아주 중요하고 소중한 시기라는 의미도 담았다.

나는 이 책을 통해 정식으로 우리 사회에 제안한다. 이제부터 '청소년'이 아니라 '초년'이라 부르자고. 물론 어른인 내가 제안한 것이므로 현재 '청소년'들 당사자에게 물어보고 결정하는 절차가 필요하리라 본다.

그런데, 이 장의 제목대로 그 기준을 누가 정하며 누가 바꿀까? 누가 우리 사회의 '제인 엘리어트'들일까? 생각해보라. 4부에 가서 내 생각을 밝히겠다.

23. 성차별과 인종차별, 그렇다면 '나이차별'

여기까지 같이 온 당신이라면 "청소년에 대한 자세가 좀 문제가 있긴 하지만, 굳이 차별이라고 할 건 없지 않느냐"라고 하지는 않으리라 믿는다. 그렇다. 여자와 남자를 차별하면 성차별이고, 흑인과 백인을 차별하면 인종차별이고, 청소년과 어른을 차별하면 '나이차별'이다. '나이차별'이라고 동의한다면, 그것 역시 극복해야 될 사회적 숙제임을 합의하자.

우리 사회는 청소년을 차별하기로 작정했다

'차별'이란 단어의 사전적 의미는 '차등을 두는 구별'이다. 차등을 둔다는 것은 평등하지 않다는 것이고, 평등하지 않다는 것은 우리나라 헌법정신에 정면으로 위배하는 것이다. 헌법 제11조 1항 "모든 국민은 법 앞에서 평등하다"와도 맞지 않는다. 차별은 분명히 우리 사회가 넘어야 할 산이다.

'차별'이란 '합당한 근거 없이 다만 차이가 난다는 이유로 불이익을 주는 것'을 말한다. 여기서 주목하고 싶은 것은 '합당한 근거 없이'다. 백인이 흑인을 차별할 때는 수천 가지 이유를 들 수 있겠지만, 우리는 그것이 얼마나 터무니없는지 안다. 남자가 여자를 차별하는 이유를 수천 가지 대더라도, 합당한 근거가 없기는 마찬가지다. 모두가 차별하고자 작정하고 만든 것이니까 말이다. 어른이 청소년을 차별하는 이유도 그럴까? 물론이다. 18장에서 '청소년은 어리고 경제력이 없으니까' 차별하고, 19장에서 '참정권이 없으니까' 차별하는 것도 마찬가지다. '합당한 근거'가 아니라 어른이 차별하고자 작정해서 만든 이유들이다.

"편견은 차별의 원인이라기보다 결과인 경우가 많다는 점을 인식했다. 혐오스럽긴 할지언정 둘 중 훨씬 덜 해로운 것은 편견이라는 사실도 알았다. 엘리어트는, 편견은 주로 사람들의 삶을 그들이 살아가는 그대로 제한하고, 시야를 좁히며, 세계를 축소시키는 역할을 한다고 보았다. 반면에 차별은 다른 사람들의 삶, 때때로 수백만 명의 삶을 일그러지게 만든다. 마틴 루터 킹도 편견이 아니라 차별에 맞서 싸우다 목숨을 잃었다."(『푸른 눈, 갈색 눈』 171쪽)

인용한 위의 구절처럼, 우리 사회가 청소년을 차별하는 이유들이, 사실은 원인이 아니라 결과다. '우리 사회가 청소년을 대하는 대표적 자세'들이 차별의 원인이 아니라 결과라는 것에 주목하자. 차별하기로 작정한 우리 사회가 이런저런 이유를 들어 청소년들을 그렇게 대하고 있다. 그 자세조차 앞에서 본 대로 '합당한 근거' 없이 말이다.

『푸른 눈, 갈색 눈』에서 "흑인은 단지 열등한 존재라고 느끼는 것이 인종차별주의의 본질"(176쪽)이라고 말한 것은 정곡을 찔렀다. 백인이 흑인을 차별하는 이유는 흑인이 열등한 존재라고 보기 때문이다. 마찬가지로 어른들이 청소년을 차별하는 이유는 청소년이 열등한 존재라고 보기 때문이다. 앞에서 살펴본 대로 청소년은 '어리고, 어리석고, 부족하고, 못 미치고, 연약하다'고 본다. 이런 이유로 '청소년은 열등하니 어른들이 보호해야 한다'는 것이 '우리 사회가 청소년을 대하는 대표적 자세'다.

우리 안에 '차별본성' 있다

그렇다면 이렇게 어른들이 청소년을 차별하는 근본적 이유는 뭘까? 그건 크게 두 가지라고 본다. 하나는 '차별본성' 때문이고, 다른 하나는 '사회기득권 유지' 때문이다.

21장에서 언급한 '차별본성'은 우리 인류에게 생긴 지가 그리 오래지 않다. 인류역사를 450만 년 정도로 본다면, 5,000년 전 청동기시대 정도로 볼 수 있다. 씨족시대만 해도 차별이 그리 심하지 않았다. 하지만 청동기 시대로 넘어오면서 무기가 발달하고, 전쟁의 빈도가 높아지면서 씨족이 씨족을 쳐들어가 부수고, 이긴 씨족이 진 씨족을 노예나 하층민으로 부리기 시작했고, 이런 현상들이 많아지면서 바야흐로 차별이 공고하게 되었다.

『푸른 눈, 갈색 눈』은 다음과 같이 말한다.

"부족적 본능에 근거해 '우리'와 '그들'을 나누는 성향, 먼 옛날에는 효율적이었을지 몰라도 현대를 살아가는 데에는 맞지 않는 마음의 태도가 우리 안에 있는 것이다. 되레 인간이 본성상 차별을 하지 않는 존재라고 바라보는 낙관주의가 문제를 더 어렵게 만들 수도 있다."(238쪽)

이어서 그 책은 또 이렇게 말한다.

"역사를 통틀어 그리고 인류학적 조사에서도 '우리'와 '그들'을 구분하지 않은 사람들은 없었다. 사람들은 '우리'와 '그들'을 구분하기 위해 언제나 가장 쉽게 인식할 수 있는 차이에 의존해왔다. 피부색처럼 생각할 필요 없는 간단한 표지가 생각하고 배워야 하는 개념보다 훨씬 빠르게 작동한다."(235쪽)

보았는가. 우리는 '우리'와 '그들'을 구분하고 차별해야 직성이 풀리는 존재들이다. "어른과 청소년은 엄연히 차등한 존재"라고 차별하는 것을 당연하게 여긴다. 그래서 항상 "사람들은 나와 비슷한 사람을 쫓아 한 패가 되는 게 아니라, 한 패가 되고 난 뒤 서로 비슷하다고 생각한다"(240쪽)라고 꿰뚫어 본다. 이어서 "패거리의 구분은 외부의 객관적 실체에 따른 것이 아니라 지극히 자의적이다"(240쪽)라고 강조한다.

앞에서 본 바와 같이 차별은 '합당한 근거 없이' 형성된다. 말하자면 차별을 하기로 하고, 그 후에 차별을 해야 할 이유들을 찾는다. 차별본성은 그렇게 우리 인류에게 작동해왔다. '나이차별' 또는 '청소년차별'도 그러한가? 물론이다.

'차별정책'은 '기득권 유지'를 위해 용이했다

차별본성은 왜 작동하는가. 굳이 그걸 작동해서 무슨 이익이 있단 말인가. 그렇다. 차별본성을 작동했을 때 이익을 얻는 집단이 있기에 그런 본성이 작동한다. 그렇다면 '나이차별'에서 이익은 누가 얻는 것인가. 바로 '어른'이다. 더 정확히 표현하면 '청소년이 차별받았을 때 이익을 얻을 수 있는 어른'이다. 그 '어른'은 과연 누굴까?

백인이 흑인을 차별한 것은 백인(권력을 잡은 백인)들이 쟁취한 기득권을 공고히 하기 위해서다. 그것이 가능한 것도 백인이 먼저 기득권을 차지했기 때문이다. 만일 역사가 되돌려져서 흑인이 먼저 기득권을 차지했다면, 흑인이 백인을 차별했을 게 분명해 보인다. 권력자들은 항상 차별이라는 콘텐츠를 이용해서 그들의 권력을 유지하곤 했다. 차별의 혜택을 받는 자들에겐 당근을 주고, 차별의 불이익을 당하는 자들에겐 채찍을 줘서 서로를 질시하게 만들고, 그들의 갈등으로 인해 생기는 불상사를 통제하면서 권력의 필요성을 끊임없이 어필하곤 했다.

조선 500년 동안 '반상의 원리'가 이어져 온 것은 바로 그런 이유다. 일제강점기 때 일본은 우리 민족을 통치하는 방법으로 철저하게 조선인을 차별하는 걸 택했다. '차별전략'은 통제하고 통치하기 좋은 전략이다. 마찬가지로 '나이차별 전략' 또한 그렇다. "청소년은 아직 어려서 투표할 수 없다"라고 했을 때, 어느 집단이 이익을 얻는지 우리는 이제 모두 다 안다.

우리는 성차별이든 인종차별이든 나이차별이든, 그러한 차별이 우리 곁에 항상 올 수 있음을 명심해야 한다. 『푸른 눈, 갈색 눈』이 강조한 "나와 다른 사람들을 차별하지 않고 함께 살아가는 문제는 세대가 거듭될 때마다 반복해서 교육하고 일부러 깨우쳐야 하는, 끝나지 않은 숙제와 같다"(239쪽)라는 말을 명심해야 될 게다.

24. 통제를
폭력으로 인식하는 것부터

얼마 전 지인이 겪은 우스운 에피소드를 하나 소개하겠다. 한 남성 지인이 공중화장실을 들어갔다. 신나게 볼일을 보고 나오려니 느낌이 이상했다. 여자화장실이었다. 얼굴이 화끈거린 지인은 얼른 그곳을 빠져나가려고 문을 나섰다. 앗! 큰일 났다. 문 앞에서 한 여성과 눈이 마주쳤다. 그러자 그 여성은 고함을 치며 이렇게 말했다. "어머, 죄송해요." 그 여성은 바로 옆 화장실로 황급히 뛰어 들어가고 있었다. 지인은 두 배로 황송해서 "저기요. 거기 가시면 안 돼요!"라고 고함쳤다.

웃자고 한 이야기지만, 많은 것을 우리에게 던져준다. 앞서 간 사람들이 잘못한 걸 바로잡지 않으면 뒤에 가는 사람들은 계속 그런 악순환을 이어간다는 이야기다.

데이트 폭력 중 94.3%가 통제폭력 경험

2017년 10월 12일, 여성상담센터 '대구여성의전화'는 아주 재밌는(?) 통계를 세상에 내놓았다. 2017년 5월 대구·경북 4개 대학 학생과 일반인 등 294명(여성 207명, 남성 87명)을 상대로 설문조사를 실시했더니, 전체 응답자 중 63.1%(173명)가 데이트 폭력을 경험했다고 한 것이다.

남녀별로 따져보면 남성 경험자(41명)보다 여성 경험자(132명)가 월등히 많았다. 유형별로는 통제폭력 경험자가 94.3%(165명)로 가장 많았고, 언어·정서·경제적 폭력 경험자가 46.3%(81명)로 뒤를 이었다. 성적 폭력 경험자는 30.6%(54명), 신체적 폭력 경험자는 22.3%(40명)인 것으로 나타났다.

위의 조사에서 한 가지 주목할 일이 있다. 바로 '통제폭력 경험'이다. 도대체 '통제폭력'이 뭐기에 94.3%나 된단 말인가. 과연 통제가 폭력의 반열(?)에 오를 수 있단 말인가. 뜸들일 것도 없이 그렇다. 통제는 폭력이다.

이런 조사 결과가 나온 것만 해도 사실 상당한 발전이라 볼 수 있다. 5년 전만 해도 남녀 데이트 폭력이라 하면 주로 언어·정서·경제적 폭력 경험, 성적 폭력 경험, 신체적 폭력 경험 등을 다뤘다. 스토커를 다루기도 했다. 물론 통제폭력 경험자가 갑자기 많아진 게 아니라 그

전에는 "연인끼리 그 정도는 뭐 어때"라고 했던 행위들을 지금은 '통제폭력'이라고 인식하는 사람들이 많아졌다는 얘기다.

'통제폭력'이란 휴대폰·이메일·SNS 점검, 옷차림이나 모임활동 제한, 일정 간섭 등을 말한다.

통제는 통제지 폭력은 아니다?

통제가 왜 폭력일까. 한때 사람들 사이에서 '통제는 사랑의 표시이자 질투의 표현'이라고 하는 얘기도 있었다. 어떤 사람들 특히 지도층에 있는 사람들은 '통제는 사회질서 유지를 위해 필수적인 요소'라고 강조하기도 했다. 물론 그런 면이 있기는 하다.

권력자들은 권력을 잡으면 맨 먼저 정보를 통제한다. 정보를 독점하는 것이다. 5.16 군사쿠데타나 12.12 군사쿠데타 이후 일사분란하게 방송국과 신문사를 장악한 군부세력을 보면 알 수 있다. 그들이 정권을 잡은 내내 "때려잡자 공산당, 쳐부수자 김일성"을 주구장창 외친 이유도 마찬가지다. 국가안보라는 명분을 내세워 정보를 통제하고 반정부 인사를 통제하는 게 목적이었다. 그 시절, '중앙정보부'와 '안전기획부'가 '날아가던 새도 떨어뜨릴 위세'를 떨친 건 우연이 아니었다. 지금은 그 맥을 '국가정보원'이 착실히 이어가고 있다. 그들의 눈에 국민은 '적당히 통제해야 말을 잘 듣는 개돼지'로 보였을 수도 있겠다.

사람이나 상황을 통제하려는 것만큼 큰 폭력은 없다. 사람은 모두 자신만의 고유한 방식으로 살아가고, 그러한 방식으로 자신을 표현한다. 세상에 한 사람도 나와 같은 사람은 없다. 그것이 자연스럽고 당연한 일이다.

'통제'는 그 모든 다양함을 일방적인 힘으로 뭉개버리는 행위다. 통제는 남을 나의 힘으로 조절하려는 행위다. 남의 삶과 행위를 내 방식대로 끼워 맞추는 방식이다. 말하자면, 다른 사람의 방식을 '1'도 인정하지 않는 행위다. 세상의 중심을 온통 자기 자신에게 맞추는 '유아기적 사고'다. 마치 유아들이 울거나 떼를 씀으로써 부모나 주변상황을 자기 맘대로 통제하려는 심리와 동일하다.

이제 우리는 분명히 말해야 한다. 통제는 폭력이라고, 그것도 심한 폭력이라고. 그렇다. '우리 사회가 청소년을 대하는 대표적 자세'의 주된 메커니즘은 바로 '통제'다. 청소년을 열등한 존재로 취급한 어른들은 그들을 보호하겠다고 '청소년보호법'을 만들었지만, 실상은 '청소년감시법'이라고 11장에서 말했다.

이 세상에 '내 자식'이란 없다

우리 사회는 그동안 '통제를 폭력'이라고 인식하지 못하는 분위기였다. 특히 자신의 자녀들을 대함에 있어서 더욱 그랬다. "내 자식을 내 맘대로 하겠다는 데 어떤 놈이 지랄이냐"라고 지랄들을 해주셨다. '내 자식'이라고 말하는 그 표현이 얼마나 폭력적인지 모르고 살아왔다.

이 세상에 '내 자식'이란 없다. 물론 '나의 정자와 아내의 난자 또는 나의 난자와 남편의 정자'가 만나 만든 작품이라는 측면에서 '내 자식'이라고 주장하고 싶겠지만, 그것은 이기적인 생각에 불과하다. 이 세상 어느 누구도 부모 두 사람만이 만든 작품은 아니다. 이 세상 어느 누구도 인류라는 큰 공동체 속에 속하지 않는 사람이 없기 때문이다. 이 세상의 모든 자식은 지구별의 자식이요 인류의 자식이며, 한 사회의 공동의 자식들이다.

누구의 자식이라고 천명하는 것보다 더 중요한 사실이 있다. 그 '자식'들도 오롯이 개별적인 개체라는 거다. '부도 모도 자도 여도' 모두 개별적이다. 말하자면, 부모와 자녀는 엄연히 별개의 존재들이다. 누구에게 속한 존재가 아니라는 이야기다. 더군다나 누구의 소유물은 더욱 될 수 없다.

하지만 안타깝게도 우리는 지난 많은 세월 동안 그렇게 여겨왔다. 자녀를 집안의 소유물로, 대를 잇는 도구로 생각해왔다. 그래서 어른들은 그들을 통제하는 것을 '천륜'인 것처럼 여겨왔다. 부모라는 이름으로 자식을 얼마든지 통제해도 된다고 여겨왔다. 이런 전통(?)이 현대사회에 남아 청소년을 오롯이 통제하고 있다.

앞에서 본 화장실 에피소드와 같은 악순환이 우리 사회에서 되풀이되고 있다. 남자화장실이 아닌 여자화장실에 들어간 놈을 보고도 "잘못 들어갔어! 좋은 말할 때 빨리 나와!"라고 외치지 않는다. 방관만 하고 있을 뿐 아니라, 줄줄이 '남자는 여자화장실로, 여자는 남자화장실'로 가면서 좋단다.

『푸른 눈, 갈색 눈』의 주인공 제인 엘리어트는 '차별수업'을 하면서 고민하고 또 고민했다. "내가 무슨 자격으로 이 아이들을 차별수업이라는 이름을 걸어 통제하는가. 아무리 좋은 결과를 낸다고 하더라도 이들을 통제하는 것이 옳은가. 통제함으로써 서로에게 주어지는 상처는 어떡할 건가. 이러한 방법이 아닌 다른 방법이 있다면, 상황을 통제하는 방법으로 하지 않기를 수없이 바랐다"라고 고백한다.

밥상머리에서 딸에게 24년 동안 '통제폭력'을 행사한 걸 회개하다

'통제'란 무엇인지 말해볼까? 2018년 현재 나의 딸은 25세다. 딸은 편식을 하는 편이다. 지금도 밥상에서 '자기 입에 맞는 음식 하나만 먹는' 그런 아가씨다. 이것을 나는 25년 동안 못마땅해 했다. 내가 못마땅해 한다고 고쳐지는 것이 아닌데도 나는 굳이, 계속 못마땅해 했다. 그러면서 식구들이 밥상에 둘러앉아 밥을 먹을 때면 다른 반찬을 딸 앞에 슬쩍 밀어넣거나 "다른 반찬도 맛있네"라고 은근히 오버를 했다. 조금은 걱정된 눈빛으로 딸을 쳐다볼 때도 있었다. 이러니 가족의 공동식사가 100% 즐거울 리가 없었다.

하지만 획기적인 변화의 시기가 있었다. 내가 아는 청년과 외식을 하다가 생긴 일이다. 그 청년은 20세였다. 내가 밥을 샀다. 식사가 나왔는데 그 청년이 밥에서 콩을 일일이 골라냈다. 내가 물었다. "그 콩을 먹을 수밖에 없는 자리에선 그 콩을 어떡하니?" 그랬더니 "그러면 씹지도 않고 삼켜요"라고 대답한다. 나에겐 그 말이 충격저으로 들렸다. 아! 그랬구나. 자신이 먹기 힘든 또는 좋아하지 않는 음식을 먹는 것은 고문이라는 것을 알았다.

청년을 보면서 딸을 떠올렸다. 그동안 얼마나 딸을 통제하려고 했는지 진심으로 회개했다. 이후 나와 딸의 관계는 급속도로 더 친해졌다. 내가 '통제'를 맘에서 내려놓으니 식사시간이 즐거워졌다. 서로에게 부담이 되지 않았고, 딸도 그걸 바로 느꼈다.

이렇듯 우리에겐 '통제폭력'이 생활화되어 있다. 눈을 크게 뜨고 봐야 보인다. 그것은 '우리 사회가 청소년을 대하는 대표적 자세'이며, 반드시 고쳐야 하는 자세이기도 하다.

25. 초년들은
사회적 소수자이자 약자다

서문에서도 밝혔듯 우리 사회는 '동성애자'들을 어떻게 대할 것인 가를 놓고 논란 중이다. 이것은 어쩌면 바람직한 현상이다. 사회적으로 논란조차 되지 않던 시절에 '동성애자'들은 이유 없이 '죄인'으로 살았다. 지금은 달라지고 있다. 논란이 되고 회자되는 것은 변화의 기로에 서 있다는 이야기다.

'소수자'들을 누가 소외시키는가

당신이나 내가 '동성애자'를 어떤 자세로 대하건, 한 가지 확실한 게 있다. 그들은 흉악한 범죄를 저지른 범죄자가 아니라 사회적 약자이며 소수자라는 사실이다.

'소수자'란 반드시 숫자가 적다는 말이 아니다. 소수자란 '중심권력에서 배제된 사람들'을 말한다. 그들은 메인 무대에서 배제되어 철저히 소외당하는 사람들이다. 메인 무대에 얼굴을 내비치려면 크나 큰 결심을 해야 한다. '커밍아웃'을 잘못했다간 '짱돌' 맞고 쓰러지기 십상이다.

그들은 '자기언어'를 갖지 못한다. 그들은 아직도 '동성애자, 동성연애자'로 불리고 있고, 조금 나아가 '성소수자'라고 불리고 있다. '성소수자'란 이름도 '이성애자'들이 다수이며 권력자라는 것을 상기시켜주는 '주홍글씨'와 같다. 또한 '성소수자'란 단어 그 자체가 이미 '동성애자'들을 소외시키고 있다. 그들의 정체성을 확립하는 주체적인 언어를 그들 스스로 찾아서 사회에 알려야 한다.

사회적 소수자들을 우리 사회는 너무나도 쉽게 '대상화'해버린다. 그들을 '정상의 범주에서 벗어난 대상'으로 취급한다. 다수가 만든 기준에서 무언가 결핍된 존재로 본다. 대상화된 그들을 '미성숙하거나 잘못되었다'고 치부해버린다. 대상화된 그들은 결코 주체가 되어선 안 된다고 선을 그어버린다.

한때는 '왼손잡이'가 사회적 소수자였다

한때 우리 사회는 '왼손을 쓰는 것'을 금했다. "왼손은 뭔가 불경하며 '좌빨—좌파 빨갱이'를 상징하는 더러운 손"이라고 봤다. 왼손을 쓰는 못된(?) 자녀가 태어나면, 부모들은 일찌감치 오른손을 쓰도록 때려서라도 바로(?)잡았다. 가만히 보니 나도 그 피해자인 듯싶다. 나는 분명히 오른손잡이, 오른발잡이지만, 왼손도 무척 잘 쓴다. 이미 돌아가신 부모님에게 따져 물어볼 수도 없고, 그것 참 '대략 난감'이다. 하하하하.

이처럼 말도 안 되는 이유로 통제를 하고, 그것을 행하는 사람들을 '사회적 소수자'나 '사회적 약자'로 몰아붙이는 경우는 허다했다. 우리 사회의 이런 메커니즘은 가감 없이 '우리 사회가 청소년을 대하는 대표적 자세'로 이어졌다.

청소년들은 정확하게 표현하면 '나이폭력에 시달리는 사회적 소수자이자 약자'이다. 이런 시각의 전환이 없으면 우리 사회는 지금도 다음 세대도 희망이 없다. 여기서 한 걸음도 나아갈 수 없다. 반면에 청소년 차별 문제를 해결하면 시대의 문제들이 줄줄이 해결되어 나갈 게 분명하다.

26. 초년에겐
어떤 '밈'이 덧씌워져 있나?

'우리 사회가 청소년을 대하는 대표적 자세'를 살피다 보니 '밈'이란 단어를 꺼내게 되었다. 이 장을 끝낼 때 당신도 그럴 만한 이유가 있음을 인정하게 되리라. 솔직히 나 자신이 난해한 걸 싫어하기 때문에, 책도 단어도 비교적 쉽게 쓰려고 하는 편이다. 하지만, 이 장에선 좀 '아는 척'하는 걸 용서하시라. 당신도 남는 장사일 테니까. 하하하하.

'밈'과 차별, 무슨 상관인가

'밈'(meme)이란 한마디로 '모방되는 것'을 말한다. '복제자'라고 의역할 수도 있다. 조금 긴 말로는 '밈플렉스' 즉 '상호 적응된 밈 복합체'라고도 할 수 있다. 밈은 결코 혼자서 살아갈 수 없다는 말이다.

혼자 스스로 깨달은 것이나 자신만의 미묘한 감정, 남에게 설명하기 힘든 경험 등은 밈이라 할 수 없다. 사람과 사람, 사회와 사회를 통해 계속 전달되고 모방되는 그 무엇이 밈이다. 여기엔 우리가 알고 있는 모든 단어와 노래, 음악, 아이디어 등이 포함된다. 말하자면, 보편적인 인간은 대부분 밈에 휘둘려 살고 있다.

그렇다면 일반 관습과 밈은 무엇이 다른가. 밈은 유전자적 특성을 가진다. 앞에서 말한 대로 밈은 '복제자'다. 복제자는 스스로 진화하고 유전하는 특징이 있다. 밈은 그 자체로 생명체가 아니지만 진화하는 메커니즘은 생명체와 닮았다. 최초의 어떠한 밈은 인간이 창조했지만, 시간이 지나면 인간의 의도가 아닌 밈 자체의 복제로 계속 진화가 일어난다.

『무엇이 우리를 인간이게 하는가』(발글빛냄)라는 책의 초반부를 보면 좀 더 명확해진다. "문화는 우리를 위해서가 아니라 자신을 위해서 생겨났다. 문화는 만들어지기 위한 도구라기보다 우리를 통해 자라고 생활하며 먹이를 먹는 거대한 기생자에 가깝다"(36쪽)라고 설명한다. 보았는가. 문화(또는 밈)를 '기생자'라고 표현하고 있다. 이어서 "문화는 적응형태로 보는 사고방식을 접고 밈의 관점에서 보아야 한다"(37쪽)라고 강조하고 있다.

밈의 특징은 "일반적으로 어떤 밈들은 좋거나 유용하거나 참되거나 아름다워서 살아남는 반면 어떤 밈들은 그릇되거나 쓸모없거나 심지어 해로운데도 성공적으로 살아남는다"(37쪽)라고 본다. 그리고 "이 모든 것들은 거대한 진화시스템의 일부로서 복제되고 살아남은 경쟁의 승리자들"(39쪽)이라고 밈의 '유전자적 진화'를 설명하고 있다.

'차별의 밈'을 넘어서 '더불어 사는 밈'으로 고고씽!

그렇다면 '우리 사회가 청소년을 대하는 대표적 자세'와 밈은 상관이 있는가? 있다면 어떠한 상관이 있는가? 그리고 그 밈은 변화가 가능한가? 이러한 질문들이 당신과 내가 밈을 살펴본 이유다.

첫 질문부터 대답한다면, 단연코 밈과 상관이 있다.

23장에서 밝힌 대로 '차별'이란 '합당한 근거 없이 차이가 난다는 이유만으로 불이익을 주는 것'을 말한다. 23장에서도 '합당한 근거 없이'란 말에 주목했거니와 여기서도 마찬가지다. '합당한 근거 없이'란 말은 '으레, 아무 이유 없이, 당연히, 자연스럽게, 무의식적으로' 등의 의미를 포함하고 있다.

사실 우리가 평소 쓰는 말 중 상당수가 차별적 언어다. 예컨대 "이런 건 막내가 하는 거야. 대가리에 피도 안 마른 것들. 애들은 몰라도 돼. 애들이 뭘 알겠니. 애들은 공부나 해. 애들이 어른 말에 대꾸나 하고 말이야. 애들은 어른 말만 잘 들으면 자다가도 떡이 생겨…" 등이다.

이런 차별적 언어들은 우리 스스로 창조해낸 게 아니다. 밈에 따르면, 우리 사회에 '차별 밈'이 형성되고 모방되고 진화되어 온 현상이다. 그것은 '합당한 이유 없이' 생겨나서 우리 곁에 기생하고 있다. "어떤 밈들은 그릇되거나 쓸모없거나 심지어 해로운데도 성공적으로 살아남는다"라는 책의 내용과 상통한다. 일단 '차별 밈'이 형성되면, 그 밈 자체가 생명력을 가지고 모방하고 유전하고 진화한다. '우리 사회가 청소년을 대하는 대표적 자세'의 밈도 그러하다.

그렇다면 '청소년 차별 밈'은 어디로부터 기인하는가. 23장에서 말한 것처럼 '원시적 차별본성'이 최초 이유겠지만, '조선 500년의 역사'의 근간이었던 '반상의 원리'와 '장유유서의 원리'를 범인으로 주목할 수밖에 없다. 2018년의 우리는 대한민국이라는 민주공화국에 살고 있지만, '차별의 밈'은 여전히 우리 속에서 기생하고 있다. 너무나 뿌리가 깊어서 좀처럼 뽑히지 않는다.

청소년을 차별하는 이유가 '경제권이 없어서, 참정권이 없어서'겠지만, 더 정확하고 근원적인 이유는 '어려서'다. '어리다는 것을 어리석다. 부족하다'로 본다고 18장에서 말했다. 그런 '차별의 밈'은 이제 인간들의 통제를 넘어 스스로 우리 사회에 기생하고 있다.

옛날에는 '남자는 장가를 가야 어른이고, 여자는 시집을 가야 어른'이라고 했다. 바꿔 말해서 장가가고 시집가야 사람대접을 해주는 사회였다. 결혼 유무가 사람임을 정하는 기준이 되었다. 현대 우리 사회는 만19세가 사람임을 정하는 기준이 되었다. 청소년을 '미성년자'라고 말하는 '차별의 밈'은 '우리 사회가 청소년을 대하는 대표적 자세'인 게다.

'차별의 밈'은 '청소년차별'뿐만 아니라 이 세상에 존재하는 모든 '차별의 밈'과 상관이 있다. 이런 거대한 '차별의 밈'을 '평등의 밈'으로 바꿀 수 있을까. 그렇게 바꾸기엔 너무 늦어버린 긴 아닐까. 이미 우리의 손을 떠나버린 걸까. '차별의 밈'은 이미 건널 수 없는 강을 건넌 걸까.

그렇지 않다. 우리가 그 밈을 바꿀 수 있다. 그 밈을 제대로 인식하고 더불어 노력하면 바꿀 수 있다. '차별의 밈'을 넘어 '더불어 사는 밈' 즉 '더불어 바이러스'(유심출판사가 펴낸 나의 책 제목이기도 하다)를 퍼뜨리기 위해, 이 책은 쓰여졌다.

27. 초년 참정권,
이젠 해결 좀 하자

앞장에서 말한 '차별의 밈'을 넘어서 '더불어 사는 밈'으로 가기 위해 당장 해결해야 할 첫 관문으로 '청소년 참정권 획득'을 꼽을 수 있다. 청소년 참정권을 달라고 하면서 헌법 제24조(모든 국민은 법률이 정하는 바에 의하여 선거권을 가진다)와 헌법 제13조(모든 국민은 소급입법에 의하여 참정권의 제한을 받거나 재산권을 박탈당하지 아니한다)를 들이대는 것은, 원칙적으로는 맞지만, 그렇게 접근해선 문제를 해결하기 어렵다. 어떻게 접근해야 좋을지 조금씩 풀어가 보자.

'19금을 금하라'의 전환점은 '청소년 참정권' 획득

우리나라의 경우, 선거 가능 연령은 지난 1948년 최초의 선거 당시 만21세로 시작했다. 1960년 민주당 정권이 들어서면서 만20세로 낮춰졌고, 2005년 6월 선거법 개정으로 만19세로 하향 조정되었다. 57년 만에 만21세에서 만19세로 낮춰졌으니, 이번에는 얼마나 걸릴지 주목이 된다.

사실 이 책에서 고민하는 '19금을 금하라는 목소리' 즉 '청소년 인권'을 풀 수 있는 아주 중요한 단서가 '청소년의 참정권 획득'이다. 단도직입적으로, 일단 고3만이라도 청소년을 대표해서 투표할 수 있다면 우리나라 '청소년 지형'은 물론 사회 전체가 바뀔 것은 분명하다.

매우 상투적이지만, 사람들이 그러는 데는 다 이유가 있기에 '세계 각국의 참정권 최소연령'을 먼저 살펴보자.

세계 각국의 청소년 참정권 역사

세계 각국 참정권 최소 연령

나이	한국 학교 연령	나라
만16세	고1	쿠바, 브라질, 오스트리아 등
만17세	고2	셰이셸, 북한, 인도네시아, 동티모르, 수단 등
만18세	고3	독일, 프랑스, 미국, 폴란드, 영국, 캐나다, 일본, 호주 등
만19세	대1	대한민국 등
만20세	대2	대만, 나우루, 카메룬, 바레인 등
만21세	대3	쿠웨이트, 싱가포르, 사우디아라비아, 레바논, 말레이시아, 가봉 등

쿠바와 브라질 등의 나라에서는 우리나라 고1 나이의 청소년들도 참정권을 가지고 있다. 쿠바는 '혁명의 레전드 체 게바라의 나라'답게 좀 앞서 가는 듯 보인다. 이례적인 경우는 북한이다. 미국과 일부 나라에서 '반인권 국가'라고 비판을 해대는 북한은, 고2의 나이에 참정권을 준다. 투표 자체가 '조선노동당'의 독주체제이긴 하지만, 아직도 만18세의 청소년에게 참정권을 주느냐 마느냐를 가지고 질질 끌고 있는 남한보다는 훨씬 나아 보인다.

역시 예상한 대로 소위 선진국 또는 OECD 회원국들은 대체로 '만18세'(고3) 참정권을 보장하고 있다. 우리보다 민주주의가 먼저 발달한 이 나라들은 참정권과 관련한 많은 시행착오를 거치고 나서야 이 시스템을 도입했다. 청소년들의 정치 참여와 청소년 인권 개선을

염두에 둔 게 분명하다.

만19세(고3)의 나이에 참정권을 허락한 나라는 그리 많지 않아 보인다. 표에서만 보면 대한민국이 유일한 듯한데, 그만큼 드물다는 말이다. 만20세와 만21세의 청년들에게 참정권을 허락해주는 나라들은 대부분 이른바 '후진국'이라는 라벨이 붙어져 있다.

일본은 2015년에 만20세에서 만18세로 낮추어 참정권을 허용했다. 일본의 경우 만25세 이상의 참정권 시대에서 약 70년이 지난 1945년에 만20세 이상으로 낮추었다. 캐나다는 1970년에 만21세에서 만18세로 낮췄고, 오스트레일리아는 1973년에 만21세에서 만18세로 낮추었다.

영국은 1969년에 만18세 이상의 남녀에게 참정권을 부여했고, 독일은 1976년에 선거권과 피선거권을 모두 만18세로 내렸다. 미국도 1971년에 투표연령을 만18세로 낮췄다. 미국은 1971년 이전엔 만21세까지 참정권이 주어졌지만, 베트남전쟁 등에 참여하는 병사들의 나이가 만 18세였기 때문에 이를 반영하여 조정되었다.

오스트레일리아에선 만16세까지 참정권을 허용하자는 운동이 진행되고 있고, 뉴질랜드는 1969년에 만21세로, 1974년에 만18세로 낮추었다.

세계 각국의 참정권 역사를 보면서 두 가지를 알 수 있다. 첫째, 선진국과 후진국의 차이는 결국 '사회적 약자에 대한 배려 수준'에 있다는 것이다.

이 책의 중심 주제와 연결시켜 보면, 바로 '청소년들에 대한 배려 수준'이 되겠다. 한 사회의 성숙 정도는 '사회적 약자에 대한 배려 정도'가 '바로미터'다. 둘째, 참정권은 거저 얻어지는 경우가 없다는 것이다. 참정권 연령 하향 조정은 수많은 사람들의 투쟁과 목소리와 사회적 합의를 거친다.

청소년에게 참정권을 안 주는 이유, 알고 봤더니…

우리나라는 왜 아직도 '만18세 참정권'을 허용하지 않을까? 무엇이 문제일까? 사실 참정권만이 아니라 교육환경 개선, 학습권 등의 청소년 인권 관련 정책, 무상급식 등은 청소년이 당사자인데도 자신의 목소리를 낼 공식창구가 없다.

헌법 제24조는 "모든 국민은 '법률이 정하는 바'에 의하여 선거권을 가진다"라고 규정하고 있다. 여기서 중요한 것은 '법률이 정하는 바'이다. 이 법률은 누가 정하는가. 대한민국의 입법기관인 국회다. 정확히 말하자면 청소년에게 참정권을 주느냐 마느냐의 권한은 정부와 국회가 쥐고 있다. 22장에서 물었던 '누가 우리 사회의 기준을 정하는가'란 질문에 대한 답이 하나 나왔다.

- 나만 안 되는 선거, 투표권을 줄게! -
청소년이 직접 뽑은 제19대 대한민국 대통령 모의투표 최종결과

■ 청소년 모의투표 사전선거인단 등록인원 : 60,075명
■ 청소년 모의투표 투표참여자 : 51,715명
  - 온라인 모의투표 투표참여자 : 43,617명
  - 오프라인 모의투표 투표참여자 : 8,098명
■ 청소년 모의투표 최종 투표율 : 86.08%

구분	기호 1번 문재인	기호 2번 홍준표	기호 3번 안철수	기호 4번 유승민	기호 5번 심상정	기호 6번 조원진	기호 7번 오영국
최종 순위	1위	5위	4위	3위	2위	10위	12위
최종 득표수(명)	20,245	1,508	4,837	5,626	18,629	39	24
최종 득표율(%)	39.14	2.91	9.35	10.87	36.02	0.07	0.04

구분	기호 8번 장성민	기호 9번 이재오	기호 10번 김선동	기호 12번 이경희	기호 14번 윤홍식	기호 15번 김민찬	무효
최종 순위	11위	13위	7위	8위	9위	6위	
최종 득표수(명)	26	13	189	85	45	218	231
최종 득표율(%)	0.05	0.03	0.36	0.16	0.08	0.42	0.55

* 자료출처 : 청소년이 직접 뽑는 제19대 대한민국 대통령 모의투표 운동본부

19금을 금하라

기준을 국회가 정한다면, 그 기준은 무엇인가. '청소년에게 참정권을 주지 아니하는 기준' 말이다. 그것은 '청소년이 스스로 정치적 판단을 할 수 있느냐'의 여부다. 정부와 국회는 2018년 현재까지 '청소년은 스스로 정치적 판단을 할 수 없다'라고 결론을 내리고 있다. '우리 사회가 청소년을 대하는 대표적 자세'와 상통한다. 한마디로 청소년을 '미성년자'로 보는 자세다.

아이러니하게도 만18세 청소년들은 참정권은 없지만 군복무와 공무원 임용시험, 근로기준법상 도덕상 또는 보건상 유해한 사업에는 취업할 수 있다.

청소년은 스스로 정치적 판단이 가능한가? 그렇다. 그 사례를 보여주겠다. 2017년 5월에 실시한 '청소년 모의 대선투표 결과'는 옆의 표와 같다. 긴말 하지 않겠다. 표를 보고도 '정치적 판단 불가능자들'이라고 할 수 있을까? 이제 청소년들의 잃어버린 참정권을 (만18세부터 점차적으로) 돌려줄 때가 되었다.

28. 청소년을 바라보는 시각이 바뀌어야 하는 이유

나와 함께 여기까지 왔다면, '청소년을 바라보는 근본적인 관점'이 변해야 한다는 건 서로 동의할 수 있다. 그 당위성도 어느 정도 설명할 수 있다. 앞장에서도 '청소년 차별의 밈'을 넘어서는 첫 관문으로 '청소년 참정권 획득'을 거론했다. 그렇다면 왜 계속 '청소년 차별을 극복하자. 우리 사회가 청소년을 대하는 대표적 자세를 바꾸자'라고 하는 것일까? 당위성이나 인도적 이유이기만 할까? 그렇지 않다. 한마디로 시대가 달라지고 있다. 시대가 그걸 요구하고 있다.

우리 사회는 지금 대변혁을 겪고 있다

21세기 이전의 사회는 국가주의와 민족주의가 대세였다. 전쟁도 민족주의와 국가주의를 기반으로 싸웠다. 이데올로기 중심(공산진영과 자유진영)으로 전쟁을 치렀다고 하지만, 실제 내용은 대부분 '국가주의와 민족주의의 팽창'이었다.

19금을 금하라

그러한 시대에 생긴 학교는 '국가체제를 더욱 공고히 하는 시민양성'이 주된 목표였다. 그 시대의 학생들은 학교에서 착실한 시민으로 키워졌다. 하지만 21세기인 지금은 그렇지 않다. '국가주의와 민족주의'를 넘어서 '세계주의, 지역주의, 시민주의'로 나아가고 있다.

또 하나의 큰 변화는 '경제성장 제일주의'에서 '생태주의'로 변화하고 있다는 거다. '경제성장 제일주의'가 대세였던 20세기까지의 청소년과 21세기의 청소년은 당연히 달라져야 한다. 경제성장이 최고의 가치관이었던 지난 시절에는 경제권이 없었던 청소년들이 차별받기 쉬운 구조와 문화였다. 하지만 '생태주의'가 대세로 전환되고 있는 이 시점에서 청소년들은 우리 사회의 주변부가 아니라 중심부가 될 것이다. 청소년은 '경제성장 제일주의'라는 '때 묻은 어른'보다 더 '생태적'이다.

20세기에 '남성, 다수, 성장, 복지, 평등' 등의 가치가 주를 이루었다면 21세기에는 '여성, 소수자, 생태, 안전, 차이' 등으로 가치의 중심축이 옮겨지고 있다. 앞의 다섯 가지 가치 중 '소수자'에는 '동성애자, 여성, 장애인, 다문화인' 등과 함께 이 책의 주인공인 '청소년' 또한 그 중심에 들어있다. 청소년은 성인이 되기 위한 '미성년자'도 아니고, 성인의 부속품이거나 미완성품이 아니다. 청소년은 그 자체로 주된 가치를 이루는 존재들이다.

이밖에도 '제국주의적 세계화'가 '사해동포주의'로 바뀌고 있고,

서구 중심의 사회가 동아시아 중심으로 전환되고 있다. 20세기엔 '단일, 국가, 통합, 질서' 등이 중심가치였다면, 21세기엔 '다양성, 자율, 분산, 해체, 유목' 등이 중심가치가 되고 있다. 지난 시대처럼 '청소년의 참정권'을 정부나 국회가 일방적으로 정해주는 시대는 갔다. '19금'을 당사자인 청소년들과 한 마디 상의도 없이 어른들이 정해서 시행하던 시대는 사라지고 있다. 국가의 질서와 사회의 안정을 위해 일정 부분 청소년들의 권리를 제한하고 통제하는 것이 당연시되던 시대는 개나 줘버릴 때가 되었다. 청소년들이 미래의 주인공이라며 현재의 자유와 권리를 발목 잡던 '어른들의 폭력시대'는 저물고 있다.

21세기엔 권력의 기반도 달라진다. 20세기에는 민주주의를 향한 열망 때문에 '다수의 시민권과 평등'이 권력의 기반이었다. 21세기는 다르다. '소수의 인권과 개성'이 권력의 기반이 되고 있다. 청소년도 그 중심에 설 게 분명하다.

'집단주의'로 대변되는 '보편적 집합주의'는 이젠 '개별적 특수주의'로 탈바꿈하고 있다. 청소년들은 '어른이 주된 사회에서 어른이 보호해야 할 어린 무리'들이 더 이상 아니다. 청소년은 어른과 비교되는 그 무엇이 아니라, 개별적으로 뛰어난 개성 있는 존재들이다.

'진보와 보수, 좌파와 우파'를 나누던 색깔시대는 2017년 촛불정국을 분수령으로 희미해져 가고 있다. 이젠 '융합'이란 이름을 가진 '탈

이념, 혼합이념, 무이념' 등의 시대가 되고 있다. '청소년과 어른'을 나누던 기존질서의 개념은 무의미해졌다.

더 이상 우리 사회는 '수직적이고 구심적인 사회'가 아니다. 수직관계를 고집하는 사람들은 사회에서 뒤처지기 마련이다. 어른과 청소년의 상하·수직 관계를 강요하는 사회는 더 이상 발붙이기 힘들어질게다. '초년, 중년, 장년, 노년'이라는 나이 구분만 있을 뿐, 그 어떤 차별도 하지 않는 시대가 도래하고 있다.

외국에선 이미 21세기형 청소년 정책을 펴고 있네

이런 시대정신을 잘 반영하는 외국의 청소년 정책을 배울 필요가 있다.

먼저 미국의 경우는 획기적이다. 청소년 복지정책의 이념과 목표는 청소년 자신, 부모와 가족, 사회 등 삼자간의 권리와 책임의 확립에 기반을 두고 있다. 주된 이념은 청소년과 부모와 가족과 사회 등을 동등한 입장에 놓고 보는 정신이다. 청소년이 한 인간으로서 부모와는 상관없이 독자적 권리를 지니고 태어났다는 사실을 공식적으로 인정하는 사회적 합의다. 미국은 이러한 정신에 입각해서 각종 청소년 정책을 펴고 있다.

프랑스에는 1개의 국립청소년정보센터와 23개의 지방청소년정보

센터가 갖추어져 있다. 파리 지역만 해도 8개의 청소년정보센터가 있다. 이들 센터는 'Project J' 또는 'Youth Challenge'라는 청소년 프로그램을 진행한다. 프로그램의 목적은 청소년 개별 또는 집단이 자신의 관심분야에 따라 지역생활에 참여하고, 새로운 활동의 지평을 열고, 이동성 및 사회적 전문성의 통합, 스포츠 문화 활동을 촉진하는 것이다. 이밖에도 프랑스에는 약 70만여 개의 청소년 조직이 있다.

또한 프랑스는 일찌감치 청소년 자치와 독립을 후원하고 사회참여를 하도록 하고 있다. 우리 사회처럼, '청소년 시기엔 공부나 열심히 하고, 사회참여는 어른이나 된 뒤에 하라'는 식의 사고방식은 찾아보기 어렵다. 청소년정책에 관한 총 책임을 지고 있는 '청소년체육부'(Department of Youth and Associative Life)가 있다는 것도 부러운 일이다.

독일 정부에도 프랑스 정부처럼 청소년 담당관이 있다. 현재 독일 청소년정책의 기원은 1922년 청소년복지법의 법제화다. 청소년복지법은 신체적, 정서적, 사회적 역량을 고려하여 아동과 청소년이 교육을 받을 권리를 규정할 뿐만 아니라 청소년 담당관을 두어 재정지원 등 다양하게 후원을 하고 있다. 독일의 청소년 사업은 민간 부문과 정부(청소년청)의 공공지원이 조화롭게 잘 이루어지고 있다. 독일은 청소년에 대한 지원을 아끼지 않는다.

우리나라도 사실은 청소년기본법 제3조 제4항에 "청소년복지는 청소년이 정상적인 삶을 영위할 수 있는 기본적인 여건을 조성하고,

조화롭게 성장·발달할 수 있도록 제공되는 사회적·경제적 지원을 말한다"라고 제시하고 있다. 단순히 청소년을 보호하고 양육한다는 차원을 넘어서서 그들의 자립을 지원하는 것이 '청소년복지'라고 규정하고 있다. 이대로만 실행해도 좋겠다.

29. 초년님들께
정말 잘해드려야 한다

21세기는 고령사회가 될 거란 예측은 누구나 할 수 있다. 바꿔 말하면 청소년과 청년 인구가 줄어든다는 이야기다. 한때 우리 사회는 한 집에 자녀가 6~10명인 경우도 허다했다. 하지만, 이젠 1~2명이 다반사고, 무자식이거나 아예 결혼을 하지 않는 경우도 많다.

이런 시대에 아직도 청소년을 '어린 노무 새끼들'이라고 말하는 겁 없는 어른이 있을까? 이런 자세는 청소년이 흔하던, 이른바 '호랑이 담배 먹던 시절'의 자세다. 그렇게 청소년을 대해도, 발에 차였던 게 청소년이었으니까 말이다. 이젠 청소년이 '흔하지 않은 시대'가 아니라 '귀한 시대'가 되어가고 있다. 앞으로 이러한 현상은 더욱 심화될 거라고 많은 학자들은 이야기한다.

청소년들이 많아지려면 선남선녀들이 결혼을 해야 하고, 자녀를 낳아야 한다. 그것도 좀 많이 낳아야 한다. 하지만 우리 사회의 부모들은 일찌감치 이런 메커니즘을 포기했다. 자녀를 많이 낳는 무모함을 단행하고 싶지 않은 게다. 청소년은 우리 사회에서 갈수록 귀해

청소년 인구(단위: 천명, %)

	총인구	청소년 인구 (9~24세)	구성비	남자	구성비	여자	구성비
1970	32,241	11,330	35.1	5,848	51.6	5,481	48.4
1978	36,969	13,647	36.9	7,030	51.5	6,616	48.5
1980	38,124	14,015	36.8	7,216	51.5	6,799	48.5
1990	42,869	13,553	31.6	6,991	51.6	6,563	48.4
2000	47,008	11,501	24.5	5,987	52.1	5,514	47.9
2010	49,554	10,370	20.9	5,468	52.7	4,902	47.5
2017	51,446	9,249	18.0	4,853	52.5	4,396	47.5
2020	51,974	8,522	16.4	4,438	52.1	4,084	47.9
2030	52,941	6,989	13.2	3,596	51.5	3,392	48.5
2040	52,198	6,499	12.5	3,337	51.3	3,163	48.7
2060	45,246	5,013	11.1	2,575	51.4	2,439	48.6

* 자료출처 : 통계청, 「장래인구추계」, 2016.12.

질 게 분명하다.

쉽게 말해 청소년들의 '몸값'은 오를 만큼 오른 셈이다. 청소년들이라 부를 게 아니라 '청소년님'이라 불러야 될지도 모른다. 이 책의 권장대로라면 '초년님'이라고 불러야 할 게다. 위 표를 보고도 현실을 직시하지 못한다면, 우리는 장차 '청소년님'들로부터 역차별을 받을지도 모른다. 정말 청소년님들께 좀 잘하자.

30. 왜 어른이 되면
'초년'을 잊어버릴까

이 글을 쓰다가 문득 궁금해졌다. 왜 사람들은 어른이 되면 '청소년' 시절을 잊어버릴까? 청소년 시절엔 분명히 어른들에 대한 불만과 본인들의 고통을 호소하다가, 20대가 되면 그 기운이 조금씩 사라지는 듯하고, 급기야 30대와 40대를 거치면 초년 기운이 세탁이 되나 보다.

그래서 이 주제로 나의 형제 가족들과 토론을 해보았다. 2017년 추석 때였다. '나이 들면 사느라 바빠서 그렇게 되더라'라는 뻔한 말이 아니어서, 많이 놀랐다. 당신도 들어보시라.

토론 날짜는 2017년 10월 5일. 토론 장소는 나의 집 거실. 토론 참가자는 모두 9명. 토론자 연령은 나(49), 아내(50), 딸(24), 아들(18), 제수씨1(46), 조카1(20), 조카2(18), 동생(45), 제수씨2(38) 등이다.

19금을 금하라

어른들의 보복심리 그리고 자존감이 떨어져서

딸 : 어른이 되면 청소년으로 돌아갈 일이 없으니까, "내가 힘들었으니까 너희들도 힘들어도 돼" 이런 심리가 작용하는 것 같아요. 한마디로 개구리 올챙잇적 시절 생각 못하는 거와 같다고나 할까요.

나 : **일종의 보복심리**라는 거지?

딸 : 네 맞아요. 그 이유가 제일 크다고 생각해요.

동생 : 나의 청소년기는 별로 불만이 없었다. 나는 자족하는 스타일이었고, 우리 아버지 엄마가 별로 공부를 강요 안 해서 청소년 시절에 대한 불만이 없었다.

나 : 그 말은 알겠는데, 지금의 논지는 이런 거다. 어른들도 청소년 땐 술·담배도 하고 싶고, 연애도 하고 싶고, 일탈도 하고 싶었는데 왜 어른이 되면 청소년에게 못하게 할까 하는 거야.

딸 : 어른들은 "나도 지나고 보니까 안 하는 게 맞더라. 나도 지금 후회한다. 그때 공부 안 해서 후회한다" 뭐 이런 심리인 거 같아요.

조카1 : 어른들 자신들도 **자기 삶의 자존감이 떨어져서** 가치 있는 삶이 아니라고 생각하니까 그런 말이 나오는 듯합니다. 한마디로 자신의 청소년 시절 삶을 후회하며 자존감이 떨어져 있는 거죠.

딸 : 그러다 보니 어른들은 청소년들에게 '급식충'이라는 막장 표현을 많이 써요. 이건 정말 혐오스러운 발언인 것 같아요. 사람을 카테고리로 묶어서 취급하는 거죠.

제수씨2 : 맞다 맞아. 저는 아이들 엄마로서 '맘충'이란 말도 싫어요.

부모의 책임감 때문일 수도

제수씨1 : 난 학생시절 촌에서 태어났고, 큰 문제 없이 살았다. 난 그런 삶은 살진 않았지만, 왜 자식을 구속할까? 그건 **부모의 책임감 때문**인 듯해요. 그러지 말아야지 하면서도 책임감 때문에 나도 모르게 잔소리를 하게 되더라니까.

나 : (조카2를 가리키며) 조카는 엄마의 이 말이 이해가 가니? 왜 늦게 집에 들어오냐며 잔소리하는 거 말이야. 이 자리에서 네 엄마를 설득시켜 봐.

딸 : 맞아. 니가 여기서 말 잘하면 누가 아니? 자유를 찾게 될지.

(모두 웃음폭탄)

조카2 : 저는 고등학생이지만 알바를 하면서 제 삶을 꾸려가는 사람이니까 어리다고 취급하지 말아줬으면 좋겠어요. 늦게 들어가도 제가 알아서 할 텐데… 책임지고 할 수 있으니까 엄마가 좀 믿어줬으면 좋겠어요.

딸 : 근데 너 어머니께 연락은 잘하니?

조카2 : 솔직히 좀 늦어지면 야단맞을까 봐 연락을 꺼리게 되더라고요.

나 : 그건 좀 아닌 듯한데? 엄마로부터 불호령을 당하더라도 할 말은 해야 하지 않을까?

제수씨1 : 네가 늦는다고 하면 화를 내긴 하지만, 그래도 속으론 안심하지. 그런데 말조차 안 하고 늦으면 몇 배로 더 걱정하고 화가 나는 거지.

제수씨2 : 조카는 술은 한잔 안 해?

조카2 : 조금씩요.

나 : 담배는 아직 안 해?

조카2 : 그건 안 해요.

나 : 여기서 상식 하나 말씀드릴게요. 우리나라 법으로는 청소년이 술과 담배를 하는 것은 허용이 됩니다. 다만 구입이 금지돼 있어요. 그런데 많은 사람들이 청소년의 술·담배 자체를 불법이라고 알고 있어요. 제대로 알아야 쓸데없는 논쟁을 피하고 상처를 입지 않을 듯합니다. 나는 우리 '더불어의집'에 회식하러 온 청소년들에게 담배를

직접 사줘요.

조카1: "청소년 흡연은 몸에 안 좋으니 되도록 삼가라"라는 말은 이해가 가지만 "나이가 어리니까 안 된다"라는 건 아니라고 생각해요.

우리 사회의 교육환경이 바뀌지 않으니까

제수씨2 : 다른 나라에 태어나지 않는 한 또는 **우리 사회의 교육환경이 바뀌지 않는 한** 청소년을 억압하는 굴레는 바뀌지 않을 듯해요. 현실을 생각하면 좀 슬퍼져요. 나도 학교의 억압문화가 싫어서 간신히 참고 다녔어요. 호기심으로 담배와 술도 해봤고요. 그런 거 하는 청소년들은 나쁜 아이가 아니라 평범한 거예요.

나 : 맞아요. 일방적으로 휴대폰을 압수하거나 머리카락을 자르거나 매를 드는 등 '청소년 인권유린' 행위를 어떻게 하냔 말이죠.

제수씨2 : 전 약속 하에 휴대폰을 가져가는 건 괜찮다고 생각해요.

나 : 제 말은 교사가 학생과 합의하에 휴대폰을 걷어간다면 상관이 없지만, 일방적으로 뺏어가는 건 문제라는 거죠.

딸 : 제가 청소년 시절엔, 제 친구는 합의 없이 일방적으로 휴대폰을 걷어가는 게 너무 싫어서 정신과 상담을 받기도 하더라고요.

제수씨2 : 우리 학창시절엔 학생의 금반지나 신발도 걷어갔어. 뒤에 돌려준다 해놓고 끝까지 안 주더라고요. 심지어 교사가 "남자 신발 사이즈는 남자의 거시기 크기와 같다"라는 말도 했어요. 물론 크게 문제 삼지 않았죠. 당연한 줄 알았으니까요.

딸 : 가끔 모교에 가보면 학생들 화장품을 뺏은 교사가 "한 개 줄까" 그러는데, 기가 막혀요. 학생들에게 뺏은 것을 맘대로 누구에게 준다는 거잖아요.

다르다는 걸 존중하지 않기에

나 : 한 번 더 말하지만, 왜 어른들은 '청소년'을 잊어버릴까요?

딸 : 숙모 말대로 환경이 변하지 않는 이상, 잊어버리게 될 거 같아요. 자신과 자신의 자녀가 **환경을 뚫고 나가려면 압박감도 심하고 두려우니까**, 그냥 어른이 되면서 청소년 시절을 잊어버리는 거죠.

나 : 조카는 왜 어른들이 청소년 시절을 잊어버린다고 생각해?

조카1 : 발달심리학적으로 보면 청소년이 어른이 되면 사회순응적으로 바뀐다고 하네요. 이때 상호존중이 중요해요. 그런데 **어른들은 청소년들을 존중하는 게 부족**해 보여요. 존중이란 '청소년을 어른과 같이 대하라'는 게 아니라, 청소년 각자에게도 각자의 생각이 있다는 걸 인정하라는 이야기예요. 자신의 청소년 시절과 지금의 청소년 시절이 다르다는 걸 인정하고 존중해야 해요.

제수씨2 : 전 청소년 시절에 존중받았던 기억이 별로 없어요. 어른들로부터 존중받았다는 느낌이 없다는 거죠. 그 시절엔 우리가 어른들에게 뭐라고 대꾸하면 자신의 권위를 건드린다고 생각했죠. 제 생각이 자신과 다르다고 생각하지 않고요. 웃긴 건 제가 어른이 되고 나니, 저도 모르게 그러고 있더라는 겁니다. 호호호.

나 : **존중받은 느낌이 없기 때문에** 우리도 그렇게 된다는 말이죠?

딸 : 맞아요. 저도 성인이 되고, 자신에게 조금 힘이 생기니까 일방적이 되더라고요.

나 : 의견이 다르다고 인정하지 않고, 어려서, 몰라서 그렇다고 생각한다는 거죠. 뭐, 나 자신도 고압적으로 하게 되더라니까.

조카1 : 영어로 존경한다는 의미의 'respect'란 단어가 '다시 본다'란 뜻을 가지고 있잖아요. 다시 한 번 더 보면서, 생각해본다는 의미입니다. 그냥 보는 대로 보는 게 아니라, 상대방 입장에서 다시 보는 것이 존중인 거죠.

나 : 당연하다고 보지 않고 다시 본다는 것?

딸 : 맞아요. 알고 있고, 인식하고 있는 것이 중요한 것 같아요. 그래야 노력하게 되고 고치게 되더라고요.

나 : 맞아. 아는 것이 중요하지. 알고 있으면 지적받을 때 고치려고 하니까.

제수씨2 : 모르고 있으면서 아는 척하는 사람이 무서워요.

조카1 : 'unknown-unknown'인 사람 즉 자신이 모른다는 걸 모르는 사람이 무섭죠.

딸 : 동생! 뭐라고? 어려서 못 알아듣겠는데. 호호호호.

19금을 금하라

딸 : 대학교에서도 질문을 하거나 내 생각을 이야기하면 교수님이 지금 대드는 거냐고 이야기해요.

동생 : 직장에서도, 하급자일 땐 가만히 있다가 요즘 이야기를 좀 하면, 대든다고 이야기한단 말이야.

딸 : 그러니까요. 내 의견이 이렇다는 것인데, 이야기를 못하게 한다니까요. 그나저나, 현재 간호대학에 다니는 엄마가 이야기 좀 해봐요.

아내 : 우리 반 학생들끼리 경쟁이 심해. 통학하기도 힘들어서 늘 피곤해 하더라고. 너무 지쳐서 의욕이 없어 보이고. 오로지 취업만 생각하지, 자기계발을 하는 친구들을 보기가 힘들어. 하다못해 미팅도 못하더라고. 현실에 찌들어 있다고나 할까. 요즘 학생들이 불쌍해 보여.

아들 : 저도 이야기를 하고 싶었는데, 앞에서 제가 생각한 것을 다 말해서 할 말이 따로 없네요. 히히히히.

(모두 일제히 웃음)

제 4 부

결 結

초년들이여!
저항하고
주도하라

31. 교사에게 집단 반발한
초년들의 운명은?

당신은 충분히 말할 수 있다. "왜! 3부에서 이 책을 끝내지 않느냐"라고. 그렇다. 3부까지 쓰고 끝내도 분명 완성도가 있는 책일 수 있다. 3부의 마지막인 30장을 에필로그로 하고 책을 끝낸다고 해서 이상할 게 없을 수도 있다. 그럼에도 왜 나는 4부를 말하려 하는가. 그건 간단하다. 정말 내가 내리고 싶은 결론, 하고 싶은 말은 4부에 담겨 있기 때문이다. 괜찮다면, 당신과 함께 4부 여행을 떠났으면 좋겠다.

청소년이 '청소년혁명'의 주체가 되어야

26장에서 말한 대로, 우리 사회에서 청소년들을 대하는 밈은 분명히 있다. 그것을 꾸준히 '우리 사회가 청소년을 대하는 대표적 자세'라고 표현해왔다. 그 밈은 분명 사람과 사람이 만들어 전달하고 복제하기 시작했지만, 때가 지나면 밈이 되어 자체적으로 진화하고 복제한다고 말했다. 개별적인 사람들의 불편함과 괴로움에 상관없이 그 밈은 계속 복제된다. 공고하게 된 밈은 좀처럼 바꾸기가 쉽지 않다. 심지어 폭동이나 혁명이 일어나야 겨우 꿈쩍하기도 한다. 청소년들에게 덧씌워진 밈도 마찬가지다.

그 싸움은 "누가 우리 사회의 기준을 정할까"(22장)를 제대로 직시해야 하고, "성차별과 인종차별, 그렇다면 '나이차별'"(23장)이라는 분명한 인식을 해야 하며, "통제를 폭력으로 인식하는 것부터"(24장) 시작해야 하고, "초년들은 사회적 소수자이자 약자다"(25장)라는 각성이 있어야 가능하다. 결코 만만한 싸움이 아니다.

22장의 질문(누가 우리 사회의 기준을 정할까)에 대한 대답을 27장(초년 참정권, 이젠 해결 좀 하자)에서 잠시 정리한 바 있다. 기준을 정하는 기관이 '국회와 정부'라고 대답한 것을 기억할 게다. 직접적으로 언급은 안 했지만, '학교와 기업'을 빼놓을 수 없다. 놓치기 쉽지만, 이 반열에 '부모'를 넣지 않을 수 없다. 사실은 '정부와 국회 그리고 학교와 기업'은 '부모'의 권력에 비하면 잽도 되지 않는다. '소리 없이 강한 차' 레간자(대우에서 생산하다 단종된 승용차)와 같은 존재들이 '부모'다.

하지만, 여기서 우리가 또 놓치는 게 있다. 우리 사회의 기준, 적어도 청소년에 대한 기준은 누가 정할까? 정부와 국회, 학교와 기업, 부모보다 더 중요한 결정권자가 있다. 그 누구도 아닌 청소년 자신들이다. 청소년 자신들의 문제를 어른들에게 해결해달라고 한다면, 이거야말로 악순환의 딜레마에 빠지는 것이다. 내가 이 책을 쓰려고 한 것은 바로 이 부분을 역설하기 위함이다. 청소년 스스로 이 사회를 향해 혁명을 일으키라고 이 책을 썼다. 결코 쉽지 않을 게다. 많은 저항에 부딪힐 게다. 하지만 "자기 밥그릇은 자기가 챙겨야지, 그 어느 누구도 대신 떠먹여 줄 수 없다"라는 대원칙을 기억해야 한다. 4부는 이러한 이야기들로 가득 차 있다.

청소년이 직접 나서야 한다는 걸 알지만, 어디서부터 시작할지, 무엇부터 해야 할지 막막할 게다. 이 길은 위험을 동반한 모험이다. 모험은 항상 두려움을 안고 다가온다. 그럴 수밖에 없다. 그동안 켜켜이 쌓인 밈들을 하나둘 뜯어 고치려니 왜 안 그렇겠는가. 많은 용기가 필요하다. 하지만, 의외로 간단할 수도 있다. 그동안 우리 사회에 잠재되어 있던 '청소년 혁명'이 봇물처럼 터져나와 일사천리로 진행될 수도 있다. 아무도 모르는 일이다. 그 단초로 아래와 같은 일화를 소개하고자 한다. 이 일화는 나의 페이스북 친구가 포스팅한 것으로, 그의 양해를 얻어 그대로 올린다. 뭔가 시작하려는 청소년들에게 용기가 되었으면 좋겠다.

저항했기에 전세는 역전되었다

(다음 내용은 생명력과 진정성을 위해서 내가 전혀 손보지 않고, 그대로 복사해서 올리는 것임을 이해하기 바란다. 맞춤법이나 오타가 있어도 알아서 해석하고, 양해하기 바란다.)

19금을 금하라

"고등학교 2학년 때 학교에서 전체 캠프를 간다고 해서 다들 좋아라 했다. 이것저것 먹을 것도 챙기고 들뜬 마음으로 단체버스를 타고 캠프장에 도착을 했다. 그런데 분위기가 이상했다. 캠프장에 군복 같은 걸 입은 사람들이 각을 잡고 있었고 우리가 도착하자마자 여기저기서 고함과 더불어 얼차려가 시작되었다. 어리바리한 상태에서 선착순과 앉아 일어서 그리고 쪼그려 뛰기 팔굽혀 펴기 등 계속되는 얼차려에 힘들어 하는 순간 우리 반이 반기를 들었다.

어떤 고함과 명령에도 움직이지 않고 그자리에 멈추어 서 있었다. 더 큰 고함이 울려왔고 조교들이 다 달려왔다. 그러나 우리를 때릴 수는 없는 일이었고 조교들은 순간 당황하기 시작했다. 그러나 우리는 누구 하나 그들의 말에 손가락 하나 움직이지 않고 급기야 선생님들이 몰려왔다. 반장이 나서서 말했다. 우리는 여기에 즐겁게 캠핑하러 온 거지 이렇게 군기교육 받으러 온 거 아니다. 그러니 계속 이런 식이면 모든 교육을 거부하겠다.

어쩌면 선생님들의 계획이었는지도 모르지만 선생님들과 조교들의 회의가 이어졌고 모든 군기교육은 취소가 되었다. 그리고 조교들은 레크레이션 강사로 변신해서 즐거운 캠핑이 시작되었다."

32. "정치인은 무대 마이크를 잡을 수 없습니다"

내가 안성지역의 지인들과 무작정 벌인, 올해(2017년)로 8년째를 맞는 행사가 있다. 바로 '야단법석청소년페스티벌'이다. 처음부터 청소년 행사로 기획한 건 아니었다. 1회 때는 '투표합시다'란 구호를 내걸고 축제를 열었다. 안성지역의 변화는 유권자들의 투표, 더 정확하게 말하면 젊은이들의 투표가 이루어져야 한다고 보았기 때문이다. 첫 회는 흥행에 성공했다. '슈퍼스타 K' 출신 가수 서인국을 초대가수로 모셔왔다. 농촌도시 안성에선 획기적인 초청가수였다. 청소년과 청년들에겐 흥행을 보장했다.

고민되었던 2회 행사, 물꼬를 청소년 행사로 트다

2회부터는 고민이 되었다. 지방선거가 4년에 한 번씩 있다. 투표를 독려하려면 4년을 기다려야 했다. 이때 지인들과 생각해낸 것이 바로 청소년 행사였다. 안성지역 청소년을 상대로 청소년 혁명을 한번 일

19금을 금하라

으켜보자고 합의했다. 전국 최초일지 아니면 안성 최초일지 모를 슬로건을 내걸었다. '청소년에 의한, 청소년을 위한, 청소년의 축제'를 만들어보자는 거였다.

그동안의 청소년축제는 모두 어른들이 만들어놓은 마당에 청소년이 와서 놀다 가는 형식이었다. 그러다보니 청소년은 주인이 아니라 손님일 뿐이었다. 이런 형식이라면, 역시 '우리 사회가 청소년을 대하는 대표적 자세'와 별반 다를 게 없다. 돈 있는 어른들이 돈 없는 청소년들을 불러 놀게 하는, 청소년을 들러리로 세우는, 축제 자체엔 청소년의 발언권이 별로 없는 그런 행사인 게다.

슬로건은 멋있었으나, 쉬운 일은 없었다. 해마다 예산이 부족해서 지역 지인들에게 구걸하다시피 행사를 이어갔다. 취지에 동의하는 안성시민들에게 후원을 요청했다. 다행히 많은 시민들이 십시일반 후원해주고, 시민단체와 기관들이 맘을 모아줘서 명맥을 이어갔다. 하지만, 무엇보다 '청소년에 의한'이라는 부분에서 행사 때마다 미진함을 보였다. 어른인 우리들도 어디까지 청소년에게 맡길지 준비가 되어 있지 않았고, 청소년 기획단은 평소 해보지 않은 일이어서 적극적으로 청소년 주도적인 축제를 만들어내지 못했다. 우리는 가보지 않은 길을 가면서 시행착오를 거듭했다.

그러다 몇 년 전부터 안성시교육지원청의 후원을 받으면서 예산 부분은 자리를 잡기 시작했다. 2016년부터는 청소년기획단을 안성교육지원청 산하 동아리로 만들었다. 회의장소도 안성 백성초등학교로 하면서, 장소와 예산이 해결되었다.

2016년엔 청소년기획단을 일일이 면접을 보았다. 우리는 "혹시 이걸 하면서 봉사점수를 주지 못할 수도 있다. 그래도 이 일을 하겠느냐"라고 물었고, 응시한 청소년 24명은 하나같이 "나는 봉사점수를 받으러 온 게 아니다. 나는 내 힘으로 축제를 기획하고 싶어서 왔다"라고 답했다. 애초엔 면접을 봐서 몇 명을 떨어뜨리려고 작정했으나, 이렇게 대답하는 청소년들에게 불합격은 불합리해 보였다. 전원 합격이었다. 이런 각오로 시작한 청소년기획단의 활동은 소소하지만, 눈부셨다. 청소년 자신들이 척척 알아서 해나갔다. 청소년들이 너무나 예뻤다. 우리의 오랜 염원이 결실을 맺어가는 듯했다.

2017년부터 확실하게 '청소년에 의한'이 자리를 잡았다

2017년엔 더 획기적으로 진행했다. 청소년기획단 면접을 청소년이 보게 했다. 한 해 먼저 들어온 청소년 몇 명이 신입 기획단 면접을 봤다. 항상 면접을 '당하던' 청소년들이 성장하는 좋은 계기가 되었다. 이번에도 "뭔가 자신의 힘으로 축제를 만들어보겠다"는 청소년들이 지원했다. 자율성과 주도성이 왕성해질 수밖에 없었다. 격주로 모이는 청소년기획단 모임에 모두 적극적이었다.

중1 때 우리 기획단에 들어왔던 한 소녀의 이야기는 두고두고 미담으로 전해지고 있다. 그 소녀는 2016년에 청소년기획단에 들어와서 열심히 활동했다. 중학교 2학년이 되면서 안성에서 오산으로 이사를 가게 되었다. 당연히 전학도 갔다. 2017년이 되면서, 8기 기획단을 선발하려고 했는데, 세상에, 이 소녀가 지원을 했다. 이유는 간단했다. "이 일이 재미있어서"였다. 우리는 쾌히 허락했다. '멀어서 잘할 수 있을까'란 생각은 기우였다. 대중교통으로 왕복 4시간이 걸리는 거리인데도, 빠지지 않고 기획단에 참여했다. 2017년에도 그 소녀와 청소년기획단은 훌륭하게 축제를 치러냈다.

"정치인은 무대 마이크를 잡을 수 없습니다"

이 축제에서 우리는 두 가지 원칙을 지켰다. 첫째는 '청소년에 의한'이란 원칙을 철저하게 지키려는 단체와만 손을 잡는다는 거였다. 중간에 예산의 어려움 때문에 유혹은 있었지만, 2017년 8회 행사까지는 잘해오고 있다. 둘째는, '정치인이나 지역 유력인사를 무대 위에 올려 소개하지 않는다'였다. 이유는 간단했다. 축제의 주인공은 청소년이기 때문이다. 그 원칙은 1회부터 철저하게 지켰다. 1회 행사 때는 지방선거 기간이어서 아예 행사장으로 정치인들이 들어오지 못하게 했다. 심지어 경기도교육감 김상곤 후보가 유세하러 안성에 왔을 때도 마이크를 주지 않았을 뿐더러 축제장에 들어오지도 못하게 했다.

야단법석 청소년축제를
8년째해오면서
한번도지역인사나
정치인을 무대위로
소개해본적이 없습니다.
초창기때 경기도교육감
이재정후보가 올때도
그냥돌려보냈습니다.
이유는 단한가지.
청소년이
주인공인축제기때문입
니다. 오늘도
그랬습니다.

김상곤 후보는 축제장에 들어와보지도 못하고 돌아갔다.

2017년 행사 때도 이런 일이 생겼다. 안성지역 국회의원이 행사장을 찾았다. 그에게 반갑게 인사를 하며 "청소년들을 찾아다니며 인사하는 건 되지만, 무대 마이크는 사용할 수 없다"라고 못을 박았다. 그 국회의원은 "알았다"라고 말했지만, 내가 보지 않는 틈을 타서 마이크를 잡으려고 했다. 나는 바로 "안 된다고 했지 않느냐. 약속하지 않았느냐"라며 화를 냈다. 그는 마이크를 잡아보지도 못하고 돌아갔다.

19금을 금하라

그 후 나는 페이스북에다 다음과 같이 포스팅을 했다. 국회의원 개인이 미워서가 아니라 평소 이 사회에 말하고 싶었던 이야기였다. 평소 청소년들이 참정권이 없다며 무시하다가, 청소년 행사에 찾아와서 인사를 하는 정치인들에게 저항을 표시한 거다. "이런 18. 표도 안 되는 것들이라며 무시할 때는 언제고, 지금 장난하자는 거냐. 청소년들이 졸로 보이냐. 그러니까 평소 때 좀 잘하라고 18" 뭐 이런 뜻이다. 사소해 보이는 이런 것들에서부터 저항하지 않으면, 변화는 오지 않을 게 분명하다.

(왼쪽 사진은 나의 페이스북에 포스팅한 것을 캡처한 것이다. 사진 내용엔 이재정 후보라고 되어 있지만, 연도를 따져보니 김상곤 후보가 맞음을 양해 바란다. 야단법석 페스티벌에 대해서 더 알고 싶으면 인터넷 검색을 해보거나, 안성에 놀러오면 친절하게 가르쳐드리겠다.)

33. 완전 꼴통 O군의 대단한 약진

내가 오병주 군을 만난 것은 2012년 3기 야단법석청소년기획단 시절이었다. 오군은 당시 안성고등학교 1학년(17세)이었다. 얼굴은 새까맣고, 입술은 두툼하고, 눈은 작고, 코는 별로였다. 한마디로 몽타주는 별로 잘생기지 않았다(사실은 자타가 인정하는 대로 못생긴 편에 속한다). 그땐 오군이 이렇게까지 약진할 줄은 꿈에도 몰랐다.

'앵그리스튜디오'의 탄생 배경

나중에 알게 된 일이지만, 오군은 고등학교에서 소위 '꼴통'이었다. 평소 수업시간엔 수업을 거의 듣지 않고 뒤에서 잠만 잤다. 그리고 하교하면 멋대로 노는 친구였다. 담임교사도 오군을 말리다가 포기했다. '수업 잠'을 말리지도 않았다.

오군이 학교생활을 그렇게 한 이유가 있었다. 오군은 진작부터 "학교랑 나랑 안 맞는 것 같다"라는 결론을 내렸다. 학교를 왜 다니는지 모르겠다 싶었다. 학교 공부는 오군과 상극이었다. 그런데 왜 학교는 계속 다녔을까? 그것은 집안 어른들(부모님은 물론이거니와 특히 할머니)의 "제발 고등학교만은 졸업해라. 내 눈에 흙이 들어가기 전에 퇴학은 못한다"라는 성화에 못이긴 거라고 했다. 자신의 신념대로라면 학교를 벌써 그만두어야 했지만, 차마 어른들의 바람을 저버릴 수 없었던 오군의 차선책이 '학교는 다니되 학교 공부는 안 한다'는 거였다. 이런 꼴통이 어떻게 나와 만나 역사를 이루어 가게 되었을까?

오군은 안성 비룡중학교 시절, 인생의 전환점이 될 만한 사건을 맞이하게 되었다. 졸업영상을 제작하라는 미션을 맡게 된 것이다. 생전 처음 해보는 일이었지만 신나게 일했다. 그 일을 수행하면서 밤을 새기도 한 것은, 오롯이 오군의 내공으로 자리 잡았다. 그렇게 준비한 영상을 학교에 제출했다. 하지만 그 영상은 그들이 원하는 그림대로 상영되지 않았을 뿐만 아니라 그 공적마저 학교 어른들에게 돌아갔다. 밤새 노력한 그들의 공은 물거품으로 돌아갔다.

오군은 어른들에게 단단히 화가 났다. 학교 어른들이 이럴 수 있나. 오군은 그 후로 자신들의 팀을 '앵그리스튜디오' 즉 '화난 스튜디오'라고 명명했다. 누구에게? 직접적으로는 그 당시 학교 어른들이었지만, 나아가선 기성세대 어른들이었다. 중2 소년의 이 움직임이 훗날 지역의 폭풍으로 자리 잡을 줄 누가 알았으랴.

오군이 중학교 시절을 마감하고 고등학교에 진학하면서 '앵그리스튜디오'는 역사의 뒤안길로 사라지는 듯했다. 오군은 안성고등학교에 진학한 뒤 꼴통으로 자리매김했지만, 동료 학생들과 '알파'라는 댄스 팀을 만들어 활동했다. 이 팀의 활약이 얼마나 대단했냐면, '안성의 아이돌 그룹'으로 통할 정도였다. 그러다가 나를 만났다.

오군은 4기 야단법석청소년기획단 회장이 되었고, 우리의 만남은 계속 이어졌다. 그 후로 5기는 한호준 군(오병주 군의 절친)이 회장을 맡았고, 오군이 옆에서 적극적으로 지원했다. 4회와 5회 페스티벌은 오군과 한군이 주축이 되어 치러냈다. 이럴 즈음에 획기적인 일이 우리 곁에 찾아왔다.

'앵그리스튜디오'의 부활

그들이 고등학교를 졸업할 즈음, 내가 안성 가온고등학교에서 일을 벌였다. '안성청소년들이 만드는 안성토크쇼'를 시작했다. 가온고등학교에서 뽑힌 청소년 인재 4명과 함께 방송을 만들려고 했다. 여러 난관을 극복하고 첫 촬영을 마쳤다. MC는 나와 이주현 대표(소통과 연대) 그리고 김보라 경기도의원이 맡았고, 첫 게스트는 안성지역 자장면집 『자금성』의 최복천 사장이었다. 물론 대본, 섭외, 피디, 촬영, 방청객 등은 모두 청소년들이었다. 토크쇼 이름도 청소년 스태프가 정했다. '우리안성산다'. 촬영까지는 좋았으나, 편집에서 막혀서 최대 난관에 봉착했다. 그렇게 편집을 제대로 완성하지 못하고 가온고등학교 청소년 팀과 결별했다.

지금도 그 부분은 그들에게 정말 미안하다. 나의 치밀하지 못함이 만들어낸 결과이기 때문이다. 하지만, 하나를 잃으면 하나를 얻는 법이다. 그 일이 무산되면서 오군과 한군에게 '러브콜'을 보냈다. 이 프로젝트를 너희들이 맡아서 해보지 않겠느냐고. 그들은 당장 "콜!"을 외쳤다. 마치 오랫동안 기다렸다는 듯이. 그래서 안성지역 최초로 청소년 방송팀 '앵그리스튜디오'는 시작되었다. 4년 만에 '부활했다'고 해야 맞을까?

오군이 대표를 맡으면서, 오군의 동갑 친구들뿐만 아니라 지역 후배들이 모여들었다. 오군은 리더십이 강하고 사람이 좋아서 주변에 늘 사람들을 몰고 다닌다. 오군이 20세가 되면서 멤버가 더 많아지고 다양해졌다. 중학생부터 20세까지 20명이 넘어갈 지경이었다.

처음엔 방송장비도 스튜디오도 아무것도 없었다. 무엇보다 돈이 없었다. 나는 시민단체 지인들에게 십시일반 후원을 요구했고, 그들은 고맙게도 맘을 내어주었다. 방송장비를 서울로 빌리러 갔다 오곤 했다. 나의 애마 15인승은 그들의 발이 되었다. 물론 주유비는 생각할 수 없었다. 멤버들의 식사비도 거의 내 주머니에서 나갔다. 2회 '우리안성산다'의 스튜디오는 지역 어른의 밴드 연습실에서 이루어졌다. 회의 장소로는 주로 '안성천살리기시민모임' 사무실이 이용되

었다. 안성시민단체 네트워크 '소통과연대'에선 촬영 때마다 소액을
지원했다.

그들을 위해 안성지역 어른들이 나섰다

뜻이 있는 곳에 길이 있다고 했던가. '안성동아방송예술대학 대외
협력과'에서 학교의 방송장비를 무료로 대여해준 덕에 더 이상 서울
로 장비를 빌리러 가지 않아도 되었다. 스튜디오도 안성 백성초등학
교로 확정이 되었다. 청소년들의 어려운 사정을 접한 백성초등학교
박상자 교장이 마음을 내어주었다. 백성초등학교에선 아예 한 교실

19금을 금하라

을 '앵그리스튜디오' 사무실로 내어주었다. 그렇게 앵그리스튜디오를 통해 '우리안성산다'는 진행되었다.

2015년에는 앵그리스튜디오가 또 도약을 했다. 경기도교육청의 '꿈의학교'에 선정되어 1,000만 원이 넘는 예산을 배정받았다. 앵그리스튜디오 멤버들이 강의를 기획하고, 지역 청소년들을 모집해서 강의를 하면서 '방송꿈의학교'를 직접 운영했다. 이제 더 이상 방송을 하거나 강의를 하면서, 김밥 한 줄로 끼니를 때우지 않아도 되게 되었다. 정식으로 식사비를 받아 밥을 먹으면서 촬영과 강의를 할 수 있게 되었다. 2016년과 2017년에도 '방송꿈의학교'가 진행되었다.

휘청거릴 때도 많았다. 어디 흔들리지 않고 피는 꽃이 있으랴. 특히 오군이 2015년에 군에 입대를 하면서 큰 위기를 맞았다. 이때 후배들이 "선배님이 돌아올 때까지 앵그리스튜디오를 지키겠다"라고 약속했고, 그 약속은 2년 내내 지켜졌다. 이 약속의 중심에 현시원 양(당시 고1)이 있었다. 문을 닫을지도 모를 앵그리스튜디오의 공동대표가 되어 약속을 지키려고 애를 썼다. 몇 번의 큰 위기가 있었지만, 오군이 전역하는 2017년 10월까지 앵그리스튜디오는 세 차례의 '방송꿈의학교'와 10회의 '우리안성산다'를 치러냈다.

2017년에 전역한 오군은 이제 안성지역을 토대로 제대로 일을 내기로 작정했다. 전역하기 몇 달 전부터 모아둔 정기휴가를 쓰면서 수

시로 안성으로 나왔다. 청소년과 청년들이 만드는 뮤지컬을 제작하기 위해 시나리오를 쓰고, 멤버를 모으고, 연습을 했다. 전역하는 그해 12월에 무대에 올리는 게 목표였다. 사실 오군은 연기연극학과에 재학 중이었고, 학교에서도 이미 자신이 감독을 해서 뮤지컬을 학교 무대에 올린 적이 있다. 이 글을 쓰고 있는 이 시점(2017년 10월)에 이미 안성교육지원청과 협력하여 그 무대를 올리기로 확정하고 연습에 임하고 있다. 또한 한군은 자신이 평소 하고 싶었던 힙합 팀 'YHA'를 결성해서 무대에 올리려고 맹연습 중이다. 12월에 같은 무대에 설 예정이다.

그들의 '대단한' 중심철학과 이름

이들의 중심철학은 이랬다.

서울 중심이 아닌 안성지역 중심으로,
메이저 중심이 아닌 마이너 중심으로,
자본 중심이 아닌 사람 중심으로.

자본주의 사회에서는 획기적인 도전이다. 20대 초반의 청년들(청소년기본법에 의하면 만 24세까지 청소년이므로 이들은 청소년들이다)의 겁없는 도전이자 혁명이다.

그들의 이름이 'Angry Studio'인 것은 우연이 아니다. 이제 더 이상 기존 어른들의 행태에 가만히 있지 않겠다는 몸짓이다. 잘못된 게 있다면 화(憤)를 내고 바로잡겠다는 결연한 의지의 표명이다. 'Angry'라는 영어 이름을 그들은 이렇게 풀어냈다.

Anseong(안성에서부터)

New(새로운)

Generation(시대를)

Reforming(개혁해가는)

Youth(청소년들 또는 젊은이들)

오군은 이러한 일련의 일을 동아리 형식이 아니라 사업형태로 끌어가려 하고 있다. 지역에서 돈도 벌고 꿈도 펼치고 지역인재도 양성하는 사업체를 꾸릴 계획이다. 일종의 '엔터테인먼트'인 셈이다. 오군은 향후 10년 정도를 바라보고 사업을 추진하겠다고 밝혔다. 내가 몇 년간 지켜본 오군이라면 능히 하고도 남겠다는 믿음이 간다. 안성에서 '크게 일낼 녀석'임에는 틀림없어 보인다. 나아가 대한민국과 세계를 상대로 일을 낼 청년인 듯하다.

오군은 앞으로가 더 기대되는 청년이다. 그의 꿈이 허황되지 않아 보이는 이유는, 안성지역에서부터 시작한다는 것이고, 그동안 온갖 역경에도 살아남았다는 것이고, 안성지역 어른들이 너도나도 맘을 보태고 있다는 것이다. 아프리카의 속담이 대한민국 안성에서 이루어지고 있다.

"한 아이를 키우기 위해서는 온 마을이 나서야 한다."

34. '초년혁명'은
이미 안성에서 시작되었다

'청소년에 의한, 청소년을 위한, 청소년의 축제' 야단법석페스티벌은 8년 전 안성에서 씨앗이 심어졌다. 그 씨앗이 점차 자라면서 '앵그리스튜디오'라는 작은 열매를 맺었다. 이런 흐름이 전혀 생각지도 않은 곳에서 꽃을 피워낼 줄은 꿈에도 생각지 못했다.

백성초등학교가 갑자기 이전하게 된 건 우연이 아니었다

2017년 초에 안성 전교조에서 나를 만나러 왔다. 안성지역에서 청소년문화를 같이 고민해보자는 것이었다. 그때까지만 해도 '청소년을 위한 안성지역 모임'이 또 하나 결성되나 보다 했다. 사실 나는 그동안 8년 넘게 안성 지인들과 '청소년을사랑하는어른들의모임'을 해오고 있던 터였고, 그 모임은 '야단법석페스티벌'을 지원하는 중심 역할을 해왔다.

안성 백성초등학교 교사이자 안성 전교조 지회장인 박기현 교사가 내게 '안성지역 시민단체'와의 교류와 네트워크를 제안했고, 나는 쾌히 승낙했다. 나는 안성지역 시민단체와 안성 전교조 사이에서 중 매를 섰다. 그 중매는 성공적이었고, 2017년 9월에 백성초등학교에 서 '안성청소년교육·문화협의체' 창립총회를 이끌어냈다. 사실은 협 의체가 생긴 것보다 더 획기적인 역사가 우리를 통해서 이루어졌다.

2018년 8월에 백성초등학교가 신도시 아파트로 이전했다. 덕분에 현재의 교사는 덩그러니 남게 되었다. 학교가 세워진 것은 1946년, 안 성 사람이라면 대부분이 백성초등학교와 관계가 있다. 백성초등학 교 출신이거나, 친구이거나 친척이다. 한 다리 건너 한 다리를 건너면 모두 아는 사이였다. 이런 학교의 교사가 폐교된다.

안성시청과 한경대학교가 발 빠르게 나섰다. 한경대학교는 교사 를 매입해서 부속건물로 활용할 계획을 세웠고, 안성시청에서는 이 를 용인하는 쪽으로 가닥을 잡아가고 있었다. 안성지역에선 모두 '대 세(?)'대로 될 거라고 했다. 또 하나의 대세(?)는 안성교육지원청사를 그곳으로 옮길 수 있다는 것이었다. 안성지역 사람들은 둘 중에 하나 가 될 거라고 예상했다.

이때 박기현 교사를 비롯한 안성 전교조에서는 "그게 정답은 아 닌 듯하다. 백성초등학교 교사를 안성지역 주민 특히 청소년들에게 돌려줘야 하지 않는가"라고 '안성청소년교육·문화협의체'에 제안했

　　　　　　　　　　　　　　　　　19금을 금하라

고, 안성시민단체는 이를 수용했다. 어쩌면 '계란으로 바위 치기'일 수도 있는 무모한 도전이었다. 이미 대세(?)로 기울어진 듯한 '백성 초등학교 교사 활용 문제'를 우리 쪽으로 끌어오려고 시도한 것이다.

안성지역 시민들의 '백성초등학교 활용방안'을 설문조사하고, 그것을 분석하고 전략을 세웠다. 청소년 공간을 선도해간 외부지역 강사들을 초청해 강의와 간담회를 실시했다. 무엇보다 지역여론을 '청소년의 공간으로 사용해야 하지 않겠는가'로 몰아갔다. 안성교육지원청과 안성시청과도 간담회를 열었다.

우리도 '몽실학교'처럼 가게 되려나

그 즈음 우리는 경기도 북부센터형 꿈의 학교 '몽실학교'를 견학했다. 그곳에서 우리는 많은 영감을 받았다. 우리가 꿈꾸는 것을 누군가는 현실로 만들어가고 있음을 보았다. 특히 그들의 최초 전략에 우리는 주목했다. 경기 북부 청사가 다른 곳으로 이주하면서 비게 된 공간을 청소년들의 아지트로 만들어갔다는 것이다. 그곳에서 지역 청소년들의 '주도적인 프로젝트'를 실시하자 청소년들이 모여들었다. "의정부 시청이나 교육청에서도 이미 프로젝트를 하고 있는 청소년들을 나가지 못하게 하자"라는 게 그들의 전략이었다. 그 전략은 성공했고, 그곳에 몽실학교가 세워졌다. 우리 안성도 그 전략을 맘에 담아왔다.

이미 백성초등학교에서 해왔던 것, 즉 '야단법석청소년기획단모임'과 '앵그리스튜디오'를 더욱 활성화시키고, 새로운 청소년들의 욕구충족 공간을 창출해나갔다. 백성초등학교에는 빈 교실이 꽤나 많았기에 그 계획은 순조롭게 진행되었다. 청소년들이 제일 먼저 요구한 댄스연습 공간, 거울방을 만들어주었다. 그곳은 지역청소년들이 제일 좋아하는 공간이 되었다. 여러 개의 교실이 안성지역에서 실시하는 '경기꿈의학교' 교실로 활용되었다. 백성초등학교는 더 이상 초등학생들만 다니는 곳이 아니었다. 중고생들도 방과 후에 수시로 드나드는 곳이 되었다.

이런 움직임을 포착한 경기도교육청에서 우리의 계획을 호의적으로 받아들였다. 경기도교육청에서는 경기북부 센터형 꿈의학교인 '몽실학교'에 이어서 백성초등학교에 경기남부 센터형 꿈의학교를 세우면 좋겠다는 희망을 표했다. 하지만 지자체(안성시청)에서 예산으로 행정으로 협력하지 않으면 불가능하다. 경기도교육청에서 최초 예산을 지원해서 공간을 꾸밀 수는 있지만 지속적인 운영은 지자체 예산으로 해나가야 하기 때문이다.

안성시청에선 당초 한경대학교 부속건물을 생각했기에 씨알이 먹히지 않았다. 하지만 백성초등학교 교사는 경기도교육청 소유였다. 경기도교육청에서 교사를 매각하지 않겠다고 입장을 표명하면서 우리는 작은 승리를 거두었다. 적어도 한경대학교 쪽으로 넘어가지는 않게 되었으니까 말이다.

19금을 금하라

넘어야 할 산은 또 있었다. 안성교육지원청은 처음부터 우리의 계획에 호의적이지 않았다. 오히려 냉담했다고나 할까. 그때 국면이 전환되었다. 안성교육지원청 최기옥 교육장이 부임하면서부터였다. 최교육장도 처음부터 이 사안에 적극적이었던 것은 아니다. 하지만 우리의 뜻에 동의한 교육청 장학사와 직원들의 권유에 교육장은 맘을 내었다.

우리 안성에서도 '몽실학교와 같은 청소년 자치공간을 만들어보자'는 데 적극 동의했다. 최 교육장은 매우 적극적으로 나섰다. 이제 거칠 것이 없어 보였다. 경기도교육청에서 예산을 편성하고, 안성교육지원청에서 적극적으로 수용하면 될 일이었다.

하지만, 또 다른 난관이 우리를 노크했다. 안성교육지원청만이 아닌 또 다른 지역에서도 '센터형 꿈의학교'를 신청한 것이다. 다들 우리가 후보지로 유력할 거라고 예상했다. 뚜껑을 열었다. 하지만 문제는 엉뚱한 곳에서 터졌다. 경기도교육청 예산 중 상당 규모의 예산이 내년에 다른 곳으로 사용된다는 정보였다. 뿐만 아니라 다른 도시에서도 몇 군데나 신청했기에, 그 도시들이 안성처럼 준비되지 않은 채로 예산을 받아 실행하면 실패할 수도 있겠다는 경기도교육청의 자체 판단도 한몫을 한 듯했다. 센터형 꿈의학교 건은 당분간 보류되는 걸로 결정이 났다. 꿈에 부풀어 있던 우리에겐 청천벽력과도 같은 소식이었다.

'안성만의 청소년 드라마'는 이미 연출되고 있다

하지만 우리는 이내 전열을 가다듬고 숨을 골랐다. 그 안이 통과되어 일괄적으로 예산이 나오면, 큰돈으로 공간을 꾸미는 것은 좋겠지만, 청소년들의 주도적인 자치가 얼마나 작용할지 의문이었다. 청소년의 자치공간이라고 하지만 청소년의 입김은 너무나도 적은 '어른이 만들어놓은 청소년 공간'이 될 가능성이 크다. 우리는 오히려 그 안이 보류된 것을 다행(?)이라 여기며 하나둘 공간을 채워 나가자고 결의했다. 물론 청소년들과 깨알같이 이야기하고 토론해서 그들의 힘으로 채워 나가는 것을 염두에 두었다. '몽실학교 스타일'이 아닌 '안성만의 스타일'이 나올 거라고 기대하게 되었다.

다행히 경기도교육청으로부터 안성교육지원청이 최초에 받은 6,000만 원(청소년 자치공간 꾸미기 지원 예산)은 환불되지 않고 고스란히 지역에 남았다. 안성교육장은 그것으로 백성초등학교를 청소년자치공간으로 만들어보라고 지시했다. 턱없이 부족한 예산이지만, 시작은 할 수 있었다.

이 일로 '안성청소년교육·문화협의체' 멤버들과 안성교육지원청 식구들, 지역 어른들이 일단 모였다. 그리고 청소년들을 모았다. 그들과 함께 이 공간을 어떻게 꾸밀지 의논했다. 청소년들과 어른들이 함께 대전 역사박물관 및 일원을 탐방했다. 갔다 와서 또 의논하고 그림을 그렸다. 청소년들과 함께하는 길잡이 교사도 여러 어른들이 지원했다. 지역 청소년(초중고생)과 지역 청년들이 모여들었다. 앞에서 보아왔겠지만, 우리에겐 이미 준비된 '12척의 배'(앵그리스튜디오 청년들)가 있다.

'안성 최초 청소년 자치공간 프로젝트'의 시작은 백성초등학교 전체 건물이 아닌 '구 급식실'로부터 시작되었다. 그 공간이 비어 있었고, 청소년들과 어른들은 그 공간을 꾸미기로 했다. 백성초등학교의 지난 역사와 함께 청소년의 자치를 담는 공간 꾸미기 프로젝트를 우리는 '1946프로젝트'라고 명명했다. 1946년은 백성초등학교의 창립연도다. 청소년 전용 카페를 만들자는 데는 모두 동의했다. 거기에 '소공연 무대'를 넣을 것인가, 넣는다면 어떻게 넣을 것인가, 급식실 바로 옆에 있는 창고 공간을 어떻게 밴드 연습실로 꾸밀 것인가… 이런 문제들이 남았다. 청소년들과 어른들은 매주 모이기로 했다. 일단 12월 말까지 급식실을 청소년 카페로 만들기로 목표를 세웠다. 이 프로젝트가 성공하면 백성초등학교의 다른 공간도 청소년들과 함께 만들어갈 예정이다.

나는 이 글을 쓰면서도 참 신기하다. 8년 동안 '야단법석'이 준비되었고, 3년 동안 '앵그리스튜디오'가 준비되었으며, 백성초등학교라는 건물이 준비되었고, 안성교육지원청과 안성시민들과 안성청소년들이 준비되어, '각본 없는 드라마'를 써가고 있다는 사실이 그저 고맙기만 하다. 하늘이 안성 땅에서 움직이고 있음을 나는 본다. 이 드라마는 이제 시작에 불과하다. 어떻게 이 드라마가 쓰여 나갈지 앞으로가 더 기대된다.

이것이 바로 진정한 '저항의 역사'라고 생각한다. '우리 사회가 청소년을 대하는 대표적 자세'를 바꾸어놓는 역사 말이다.

35. 숨가쁜 혁명의 역사는
한 발자국씩

　우리 속담에 "천릿길도 한 걸음부터"라는 게 있다. 합리적이고 치밀한 속담이다. 그러고 보면 우리 조상들은 참 현명했다 싶다. 그 말은 "모든 혁명은 사소한 것에서부터"라는 의미를 담고 있다. 더 나아가 "모든 변화는 차근차근"이란 말도 된다. 또 "시작이 반이다"라는 속담도 있다. 일단 시작하면 반을 했다는 '공짜심리'를 말하는 게 아니다. 이 세상 모든 일 특히 남이 하지 않았던 일(그것을 우리는 개혁, 혁신, 혁명 등이라고 부른다)을 하는 것은 시작하기가 만만치 않다. 대단한 용기가 필요한 일이다. 그런 엄청난 일은, 일단 시작만 해도 반을 했을 정도로 수많은 에너지가 필요하다. 시작하는 것 자체가 불이익과 어려움을 감수하는 대단한 모험이다. 당신과 내가 잠시 잊고 있었던, '차별수업'을 시작했던 제인 엘리어트도 처음 시작하기가 얼마나 어려웠을까. 그 깊이와 고뇌를 이해할 만하다. 어쨌거나 경기도의 작은 땅 '안성'에서는 이미 '청소년 혁명'의 깃발을 내걸었다.

말로만 듣던 민관합동 프로젝트가 시작되었다. 안성교육장을 위시한 장학사와 교육청 직원 그리고 시민들이 이 프로젝트에 맘을 보태었다. 기존 스타일처럼 관이 주도하는 것도 아니고, 민이 주도하는 것도 아니다. 말 그대로 민관합동 스타일이다. 물론 시작이야 민(안성청소년교육·문화협의체)이 했지만, 이미 의미가 없어졌다. 대부분 먼저 한 곳이 주도를 하고, 뒤에 따라가는 곳이 후원을 하기 마련이다. 이번만은 달랐다. 마치 이 혁명을 위해 오래 준비된 사람들처럼 친밀하게, 그러면서도 주도면밀하게 일은 진행되고 있다. 의정부 '몽실학교'와 광주 '삶디자인센터' 등을 탐방하고 난 후 안성에서 일을 벌였다.

"주도적인 자기 인생을 살려는 안성 청소년들은 모여라"

몇 명이나 올까. 누가 올까. '기대 반 염려 반'으로 안성 땅에 깃발을 올렸다. 2017년 9월 30일 아침이 되었다. 그동안 야단법석청소년기획단모임과 '앵그리스튜디오'의 촬영 스튜디오로 사용했던 백성초등학교 협동학습실은 불특정 안성 청소년들이 자리를 메울 예정이다. 약속한 10시가 되었다. 길잡이교사(여기엔 지역 어른들과 청년들이 자원했다. 물론 '앵그리스튜디오' 멤버들이 청년 길잡이교사의 주축이 되었다. 은근 자랑을 하자면, 24세인 나의 딸도 이 대열에 참여했다)들은, 그들을 만나기 위해 9시부터 설레고 있었다.

청소년들이 하나둘 모여들었다. 초등학교 5학년 여자아이부터 남

19금을 금하라

녀 중학생, 덩치 큰 고등학생과 예쁜 고등학생까지 35명 정도가 모였다. 길잡이교사 12명에 청소년 23명. 우리에게 숫자는 큰 의미가 없었다. 대대적으로 홍보하지 않았음에도 그 정도의 청소년이 온 건 '기적 같은 고마움'이었다.

어색함도 잠시, 이내 그곳은 시장 바닥 같은 생동감이 살아났다. 다시 한번 표현하거니와, 어른들뿐만 아니라 청소년들도 마치 오래 전부터 준비된 사람들인 것처럼 보였다. 왜 그렇지 아니할까. 현장에 온 어른들도 이런 곳을 사모해왔고, 여기에 온 청소년들도 평소 이런 곳을 바라왔으니 말이다. 간절함이 모여 스파크가 신나게 튀었다.

우리가 시작한 1호 프로젝트는 '백성초등학교 구 급식실을 청소년 카페로 만드는 프로젝트'였다. 나의 표현에 의하면 '#안성최초 청소년 자치공간 프로젝트'다. 앞에 #이 붙은 것은 나의 페이스북에 저 제목으로 계속 포스팅하고 있기 때문이다.

5조로 나뉜 사람들은 '구 급식실'이 어떻게 바뀌었으면 좋을지 아이디어를 모았다. 커다란 전지에다 각자가 바라는 상을 적은 메모지를 붙여 나가기 시작했다. 평소 저장해왔던 각자의 바람들이, 메모지 위에 글자의 형태로 봇물 터지듯 터져나왔다. 조별로 순식간에 전지가 가득 채워졌다. 채워진 전지를 들고 각 조별로 발표가 이어졌다. 우리들의 생각이 이리 고차원적이었나 싶어 깜짝 놀랐다. 청소년들의 바람이 이리 구체적이었나 싶어 두 번 놀랐다. 그렇게 첫날의 모임은 마무리되었다.

청소년들의 요구와 아이디어를 담아내려면, 길잡이교사들도 넋 놓고 있을 수만 없었다. 10월 3일, 추석 연휴임에도 '번개'가 이루어졌다. 11명의 길잡이교사가 정상오 소장(건축디자이너이자 이 프로젝트의 건축 길잡이교사)의 사무실에 모여서 이런저런 이야기를 나누었다. 프로젝트 타임라인을 만들고, 교사들의 역할과 청소년들의 역할을 분담했다. 당장 다음 시간엔 대전 근현대전시관 쪽으로 청소년들과 함께 탐방을 떠나기로 했다.

10월 7일, 우리들은 소풍 가는 마음으로 안성을 떠나 대전으로 향했다. 처음 만난 곳은 대전 근현대전시관이었다. 우리도 역사를 만드는 중이어서, 그곳은 우리에게 많은 영감을 선물했다. 대전창작센터와 대전갤러리, 이데북카페 등을 탐방했다. 아직은 여름이 물러가지 않은 날이었지만, 우리들에겐 탐방하기 딱 좋은 날이었다. 곳곳을 보는 것보다 끼리끼리 수다를 떨며 얼굴 보는 것이 더 재미있었다. 식당에서 함께 둘러앉아 밥 한 끼를 먹는 것만으로도 좋았다. 많은 정보를 얻진 못했지만, 많은 정을 얻은 탐방이었다. 백성초등학교에 돌아와서 조별로 '신문'을 만들어 이날의 행적과 소감을 정리했다. 그것은 고스란히 역사가 될 것이다.

19금을 금하라

그렇게 모임이 만들어지더니, 이젠 매주 토요일마다 어른들과 청소년들이 백성초등학교 공간에 모이게 되었다. 길잡이교사와 청소년들은 토의하고, 토론해서 해당 공간을 그려나갔다. 청소년 카페를 어떻게 홍보해 나갈 것이며, 완성 후에는 어찌 운영해 나갈지도 그림을 그렸다.

10월 27일은 대대적인 청소와 정리의 날로 잡았다. 초등학생과 중고생, 청년과 어른들이 모두 팔을 걷어붙이고 청소와 정리를 했다. 급식실에 있는 가벼운 물건부터 무거운 물건까지 모두 들어내고, 분리배출을 하고, 공간을 비워냈다. 먼지를 마셔가며 청소는 진행되었다. 초등학생은 그들의 힘에 맞게, 중고생도 그들의 힘에 맞게, 청년과 장년도 그들의 힘에 맞게 일을 했다. 그 옆의 청소년 밴드 예정 공간도 남김없이 들어냈다. 마치 오랫동안 켜켜이 쌓였던 묵은 때를 씻어내듯이. 점심시간이 되자 백성초등학교 조회대에 둘러앉아 가을을 보며, 점심을 먹었다. 이 학교가 앞으로 어떻게 변화될지 생각하면 벅차기만 했다.

홍보팀, 디자인팀, 운영팀으로 나뉜 길잡이교사와 청소년들은 각자 '단톡'(단체 카카오톡) 방을 만들어 의사소통을 했다. 아이디어를 내느라 신이 나기도 했지만, 개인 담화를 하느라 각각의 방들은 '시끌벅적'이 다반사였다. 이렇게 재미나는데, 그동안 어떻게 참고 살았나 싶었다. 서로의 마음속엔 다음 주 토요일이 기대되었다. 이렇게만 한다면 설령 결과가 미흡해도, 모두들 마음속으로 '과정이 즐거웠으니 그걸로 족하다' 하지 않을까? 앞으로 어떤 그림이 펼쳐질지 기대되는 이 행진의 끝은 어디일까? 계속되는 이 행진이 궁금하면, 내가 사는 안성으로 오시라. 하하하하하.

36. 저항하지 않으면
인권을 얻을 수 없다

누군가 말했다. '인권'은 저항을 통해 얻는다고. 더 나아가 인권은 저항을 통해 확장된다. 나는 말한다. 저항하지 않으면 인권을 얻을 수 없다고. 돌아보라. 지구별 어디에 저항 없이 인권이 찾아진 역사가 있는지.

이쯤하고 반항이란 뜻과 저항이란 뜻을 알아보자. 반항이란 '순순히 따르지 않고 거역하다'란 뜻과 '진행하던 방향과 반대 방향으로 나아가다'란 뜻이다. '반항'이란 단어와 사촌쯤 되는 '저항'의 뜻은 좀 더 역사적이다.

저항이란 단어는 세 가지 뜻을 포함하고 있다. 첫째는 '밖으로부터 가해지는 힘에 굴복하여 따르지 않고 거역하거나 버팀'이다. 둘째는 '물체가 운동하는 방향과 반대 방향으로 작용하는 힘'이고, 마지막으로 '도체에 전류가 흐르는 것을 방해하는 작용'을 말한다.

저항이든 반항이든 공통점이 있다. 소극적으로는 '따르지 않고,

거역하고, 굴복하지 않고 버티는 것'을 의미한다. 적극적으로는 '진행하던 반대쪽으로 방향을 바꾼다'는 의미다. 흔히 우리가 생각하는 반항과 저항은 소극적인 면이라 볼 수 있다.

하지만 그것만으로는 세상이 변하기는커녕 또 다른 저항과 반항에 부딪쳐 공회전할 수도 있다. 우리 사회가 바뀌는 것은 소극적인 저항에서 시작해서 적극적인 저항으로 흐를 때이다. 밖으로부터 가해지는 힘, 즉 한 사회의 주류를 이루는 외부적인 권위와 권력을 따르지 않고 거역하고, 굴복하지 않고 버티는 것은 상당한 용기도 필요하지만, 인내와 뒷심도 필요하다. 어설프게 덤벼들었다간 패가망신하기 좋다.

먼저 소극적인 저항은 '밖으로부터 가해지는 힘에 굴복하여 따르

19금을 금하라

지 않고 거역하거나 버팀'이라 했다. 그러기 위해서는 '밖으로부터 가해지는 힘' 즉 외부의 힘의 실체를 직시할 필요가 있다. 이 힘은 그냥 보기엔 엄청나고 대단해 보인다. 도저히 넘을 수 없을 듯하고, 거스를 수 없을 것처럼 보인다.

하지만 23장에서 밝힌 '차별이란 합당한 근거 없이 차이가 난다는 이유만으로 불이익을 주는 것'이란 의미에서 보자면 길이 보인다. '합당한 근거 없이' 시작된 밈이라면, 우리가 합당한 근거를 제시하고 명분을 찾는다면, 우리 곁으로 '인권'을 찾아올 수 있지 않을까. '우리 사회가 청소년들을 대하는 대표적 자세'가 '합당한 근거'가 별로 없다면, 바꿔 말해서 '합당한 근거'를 대어 그 자세의 부당함을 밝힌다면, 그것은 허물어질 수 있다.

여기서 말하는 '합당한 근거 없이' 인권을 차별하는, 더 정확하게 말하면 차별하게 하는 그런 힘의 원천이 무엇인지 우리는 직시해야 한다. 그 힘을 분명히 직시해야 굴복하지 않고, 따르지 않고, 거역하고, 버틸 수 있다. 직시하는 가운데 힘이 생긴다. 거리로 나가 피켓을 들고 시위하고, 외치고, 행진한다고 해도 이러한 '직시'가 없으면, 공허한 외침이 되기 십상이다. 대중매체와 글과 퍼포먼스와 예술 등을 통해 저항한다고 하더라도, '직시'가 없으면, 자가당착에 빠지기 마련이다. 왜냐하면 '직시'가 있어야 우리 자신에게 끊임없이 '우리가 저항해야 할 합당한 근거와 힘'을 제공하기 때문이다.

저항이 완성되려면 소극적인 저항에만 머물러선 안 된다. 소극적인 저항으로 시작했다 하더라도 적극적인 저항으로 나아가야 한다. 그것은 바로 '물체가 운동하는 방향과 반대방향으로 작용하는 힘'을 형성하는 일이다. 즉 '에너지의 흐름을 바꾸는 에너지'가 되어야 한다. 이것은 얼핏 보면, 훨씬 소극적으로 보일 수 있다. 이것은 '저항답지 못하다'며, 투쟁하는 저항자들에게 멸시받을 수도 있다. 하지만, 부정적인 에너지로 시작되었더라도 그것을 긍정적인 에너지로 바꾸어야 세상이 긍정적으로 변하기 마련이다.

혹자는 내가 말한 '소극적인 저항'을 '적극적인 저항'이라고 이야기하고, '적극적인 저항'을 '소극적인 저항'이라고 말할 수 있다. 그 주장에도 일리가 있다. 하지만, 내가 보기엔, 이벤트성 저항과 외형적인 저항운동은 '저항의 표시'이지만, 실생활에서 실천해나가는 운동은 '저항 그 자체'다. 그런 면에서 내가 보기엔 실생활에서 실천해나가는 운동이 훨씬 적극적이다. 그런 소소한 몸짓들이 모이고 모여 사회의 방향을 바꿀 수 있다. 사회가 운동하는 반대방향으로 작용하는 힘이 생긴다.

길게 말했지만, 30장에서 36장까지 말한 안성에서의 기적들은 모두 적극적인 저항이며, 한 사회의 방향을 바꿀 만한 역사다. 그래서 나는 안성에서 일어나고 있는 일련의 일들을 감히 '청소년혁명'이라고 명명한다. '청소년혁명'은 청소년만 참여하는 게 아니다. '청소년혁명'은 청소년과 어른이 함께해야 성공한다. 그럼에도 주도적인 역할은 청소년이 해야 한다. 여성인권은 여성 스스로가 각성할 때 완성되었고, 흑인인권은 흑인 스스로가 깨어날 때 가능했다. 안성에서 시작한 '청소년혁명'은, 사실 청소년 분야만 아니라 우리 사회 전반에 걸친 차별에 저항하는 혁명이다. 다시 말하거니와, "저항하지 않으면 인권을 얻을 수 없다."

37. 초년에게
저항하라고 하는 이유

내가 청소년들에게 "저항하고 주도하라"고 하는 진짜 이유가 있다. 그 이유를 밝히기 위해 나의 딸 이야기를 잠시 하겠다. 아래 이야기는 2013년 2월 2일 오마이뉴스에 낸 기사문이며, 이 내용을 토대로 나의 책『자녀독립만세』(삼인출판사)가 출간되기도 했다. 아래는 기사 원문이다.

내 딸의 성인독립식 현장

내 딸, 올해 20세가 됐다. 대학도 간다. 그동안 딸이 20평생 귀에 딱지가 앉을 정도로 들어온 말이 있다. "20세가 되면 성인이고, 성인이 되면 부모로부터 경제적으로 독립해야 한다"라는 말이다.

20세가 된 딸. 어렸을 적 그런 이야기를 나로부터 들었을 때는 그러려니 했던 딸. 아무렇지도 않게 당연하다고만 생각했던 딸. 요즘은 그 일이 얼마나 무거운 일인지 실감하고 있는 듯하다. 자신이 자신의

19금을 금하라

우리 집 거실에서 열린 부모님 추도식이 끝난 뒤, 딸이 친척들 앞에서 성인독립선언식을 하고 있다

인생, 특히 경제적 부분을 책임진다는 무게 말이다. 고교시절부터 아르바이트를 하면서 딸은 그걸 실감했다고 했다. 자신이 직접 돈을 벌어보니, 결코 쉬운 일이 아니란 걸 경험한 게다.

내 형제의 조카들 중 내 딸은 제일 맏이다. 한마디로 우리 집안에서 조카 서열 중 첫 번째로 성인이 되는 게다. 둘째동생네 조카들은 이제야 모두 중학생, 막내동생네 조카는 아직도 4세, 막둥이 아들은 이제 중학생이다.

삼형제 집안의 맏이로서 내 딸의 행위는 선례가 된다. 이런 이유로 지난 11일, 딸은 형제들 앞에서 성인독립선언식을 치렀다. 처갓집에 다녀온 동생네들 덕분에 설 다음 날에 이 행사가 치러진 것. 이날을 잡은 건 형제네 식구들이 다 모인다는 점 외에 한 가지가 더 있다. 해마다 형제와 조카들이 치러온 부모님의 추도식도 있기 때문이다. 할아버지 할머니의 축복 속에서 식을 치르는 게 의미가 있을 테니까 말이다.

추도식을 먼저 했다. 사실 추도식 순서 안에 딸의 성인독립선언식을 넣었다. 드디어 딸의 선서가 거행됐다.

성인독립선언문!

저 송하나는 2013년부터 어른이 됐기에 경제적으로나 정신적으로나 부모로부터 독립하기로 했음을 친척들 앞에서 선언합니다. 저의 이 길을 축복해주시고, 격려해주십시오.

2013년 2월 11일 송하나

"누나 힘내! 응원할게. 파이팅!"

박수가 나왔다. 네 살배기와 16세의 조카부터 나의 두 동생과 제수씨, 나와 아내에 이르기까지 아낌없이 박수를 보낸다. 특히 아무것도 모르는 네 살배기 조카의 박수가 우리 모두를 웃게 한다.

추도식에 참석했던 10명(둘째동생네 4명, 막내동생네 3명, 우리집 3명)이 돌아가면서 딸에게 격려의 말을 전한다. 진심을 담아 이야기하니 진

19금을 금하라

한 정이 오간다. 둘째제수씨의 격려는 순간 우리를 눈물짓게 한다. 지나온 20여 년 동안 조카와 쌓아왔던 정을 이야기했기 때문이다. 딸보다 어린 조카들은 "누나 힘내! 응원할게. 파이팅!"이라는 격려를 던진다.

딸은 20세가 되면 독립해야 한다는 생각에 대학도 등록금이 싼 '국립'으로 골라서 원서를 넣었다. 경기도권에는 국립대학이 7곳이다. 딸의 희망은 디자인학과다. 딸이 아르바이트를 해서 생활비를 충당한다고 해도 등록금이 비싸면 벅찰 건 분명하리라. 그래서 들어간 대학이 공주대학교 산업디자인학과다.

아무리 그래도 대학 첫 등록금은 내주기로 했다. 이번에 대학등록금 고지서를 받았다. 이런 횡재가! 국가장학금 140여만 원과 성적우수장학금 50만 원을 빼고 실제로 낸 금액은 30만 원 정도. 나머지 차액인 190만 원은 딸의 독립 정착금으로 주기로 했다. 시골 농협조합원에게 주는 자녀대학입학 축하금 50만 원까지 합치면 약 240만 원의 돈이 된다.

딸은 이미 대학 생활계획, 특히 경제적 자립계획을 세워놓은 상태다. 고교시절 디자인과의 단짝 친구와 비즈니스를 계획하고 있다. 돌잔치에 들어가는 디자인과 돌잔치 설계를 해주는 비즈니스다. 그리고 편의점 아르바이트까지. 요즘 딸아이는 자신이 직접 디자인한 포장지를 블로그를 통해 판매하느라 바쁘다. 거기다가 대학 준비까지. 이런 자녀교육 이야기를 담은 내 책이 올 3월 중에 출간될 계획이다. 바로 『자녀독립만세』(삼인출판사)다.

하여튼 이런 딸을 내 형제들과 조카들이 축복해주고 있는 게다. 거기다가 내 어머니와 아버지가 지켜보는 가운데. 추도식은 두 분의 사진을 앞에 놓고 대화하듯이 치르곤 한다.

맘이 짠하다. 이런 광경을 흐뭇하게 지켜보시는 두 분이 오늘따라 그립다. 살아계셨으면 당신들의 손녀가 이렇게 훌륭하게 독립하는 장면을 보실 텐데 말이다. 하지만, 고맙다. 딸의 독립을 축하해주는 동생네와 조카들이 있어 고맙다. 이런 독립을 맞이하는 딸이 자랑스럽다. 무엇보다 할아버지와 할머니의 축복을 받으며 독립한다니 고마울 따름이다. 하늘에 계신 두 분의 미소가 느껴진다.

"이제 20세가 되는 딸아. 모든 면에서 서툰 딸아. 우리는 너를 믿는다. 이제 인생 앞으로 GO! GO!"

"아무리 그래도 너무하지 않으냐"

누군가가 나에게 "아무리 그래도 너무하지 않으냐" "부모로서 무

책임하지 않으냐"라고 말할 수 있다. 그런 면이 있을 수도 있다. 하지만, 난 결코 그렇게 한 것을 후회하지 않을뿐더러, 내 평생 잘한 선택 중 하나라고 생각한다. 지금의 아내를 선택한 일이 최고로 잘한 일이긴 하지만 말이다. 하하하하.

자본주의 사회에서 내 자녀는 살아간다. 그 말은 곧 이 사회는 '뭐니 뭐니 해도 돈이 최고'란 이야기다. 그런 사회에서 나는 타고난 '흙수저'다. 태생이 그런데다 평소 하고 사는 꼴을 보면 부자는커녕 우리 사회의 일반 수준으로도 살기 힘들어 보인다. 이러한 형국이니 어차피 자녀에게 경제적 유산을 물려주지 못한다. 설령 재산이 있다 치더라도, 내 생각으론 10원도 물려주지 않을 게 분명하다.

내 꼴을 봐도, 내 생각을 봐도 아이들에게 재산을 물려주지 못할 게 뻔하니 '정신'을 물려주자는 게 나의 생각이었다. 어떤 정신? 바로 '독립정신'이다. 자본주의 사회에서 자본을 활용하고 살지만, 자본의 노예가 되지 않고 자본을 부리며 자유롭게 사는 것이 바로 '독립정신'이다. 자본이 있어도 행복하고 없어도 행복할 수 있는 것은 '독립정신'밖에 없다. 자본으로부터의 독립이다. 나아가 모든 세상의 억압과 불평등과 차별로부터의 독립이다. 이러한 정신만 있다면, 자신의 삶과 세상을 주도해 나갈 게 분명하다. 그러한 사람은 시베리아 벌판에 가서 살아도 행복할 게 분명하다. 자본만능주의에 저항하고, 사회의 모든 불평등에 저항하는 독립정신이라면, 그는 어딜 가나 행복할 예정이다.

그랬다. 나의 딸은 '사회의 모든 차별과 불평등에 저항하는 삶'으로 초대되었던 게다. 이 책을 쓰고 있는 2018년 현재 나의 딸은 25세다. 시행착오를 거치며 여기까지 왔지만, 아주 잘해주고 있다. 한국의 상황에서 20세에 경제적 독립을 하라고 하는 건 사지로 내모는 행위일 수 있음에도, 딸은 잘 뚫고 나와주었다. 내 딸은 앞으로 무슨 일이든 잘해낼 거라는 믿음이 있다. 그 길을 말없이 지켜보던 아들녀석(올해 열아홉)도 '지 누나의 길'을 따라 잘할 거라 믿는다. 고등학생이면서도 독립의 길을 위해 아르바이트를 간혹 하고 있다. 난 말한다. 저항은 이렇게 하는 거라고. 청소년인권 탄압에 대한 저항도 이렇게 해야 길고 생명력 있게 할 수 있다.

저항할 줄 아는 사람은 인격적으로 성숙하고 독립된 사람이다. 저항할 줄 안다는 것은 순간 감정이 아니라, 지속적인 인내와 삶으로 풀어내야 할 기나긴 길이다. 수없이 많은 시행착오를 거치며 결코 포기하지 않는 삶이다. 저항할 줄 아는 사람이 살아있는 사람이다. 에너지가 없으면 저항도 하지 못한다. 저항함으로써 에너지가 생기고, 에너지가 있으므로 저항하게 된다. 이는 서로 주고받으며 순환하게 된다.

이런 사람이 21세기에 적합한 사람이다. 이러한 사람은 창조적이며, 주도적이며, 개방적이다. 이러한 사람은 적극적이며, 합리적이며, 친절하다. 이러한 사람은 공감하며, 따스하며, 소통한다. 이러한 사람은 개인플레이보다 팀플레이를 소중히 여기며, 자신의 사익보다 공익을 우선시한다. 자신이 최고라고 뻐기지도 않으며, 자신이 잘해서 남을 살리는 기쁨을 알며, 공생의 도를 안다. 독립정신을 가진 사람은 그렇다. 미래로 갈수록 이런 사람들이 우리 사회에서 일을 낼 사람들이다. 그 시작점이 바로 '저항'이다. 이 저항은 시작점이자 과정이며, 결과이자 열매이다. 하던 대로 하는 사람은 안정되긴 하지만 생명력은 보장받을 수 없다. 청소년들이여! 저항하라.

38. 초년 국회의원,
우리도 만들어보자

이 책을 시작하면서, 다양한 저항 사례와 저항 청소년을 알게 됐지만 이 사람만큼 특별하고 신선하긴 힘들었다. 당장 내 맘에 들어온 생각은 '그들도 했다면, 우린들 못하겠느냐. 우리도 한번 해보자'였다. 아니 이보다 더한 기적의 역사를 만들어볼 수 있을 거다. 아래에 기술한 글은, 그녀의 이야기를 다룬 기사들을 바탕으로 재구성한 것이다.

19세에 국회의원으로 당선된 청소년, 안나 뤼어만

현재 지구별의 최연소 국회의원은 독일 출생의 '안나 뤼어만'이다. 83년생이니 우리 나이로 현재 36세. 그녀는 만19세 때인 2002년 녹색당 비례대표로 나와 독일연방의회 의원으로 당선되어 세계 최연소 국회의원이 되었다. 재선에도 성공했다. 그리고 국회의원에 당선했음에도 대학에 진학해 공부를 했다.

10세 때 학교 학생회 활동을 하면서 그린피스 환경보호 지킴이 활동을 겸했다. 그리고 15세 때 녹색당에 가입하면서 정치에 입문했다(우리나라에서는 있을 수 없는 일이지만, 독일은 일상이다. 부럽다). 그녀는 녹색당의 녹색청소년을 통해 정치 행보를 이어나갔고, 10대의 나이로 고향인 헤센주 녹색당 청소년 대변인을 지냈다.

그녀는 아주 어렸을 때부터 정치와 가까웠다. 사회민주당원이었던 아버지의 영향을 상당히 받고 자랐다. 국회의원이 되었을 때도 그녀는 정치현안을 놓고 종종 아버지와 토론을 했다.

방한한 그녀의 말들이 가슴에 꽂히는 까닭

2005년 12월, 그녀는 우리나라를 방문했다. 그녀가 던진 말 중 청소년들에게 가장 도전적인 이야기들은 다음과 같다.

"청소년 인권도 어른들의 인권만큼이나 중요하다. 단, 스스로 참여하고 스스로 바꿔야 한다. 불평만 하지 말고 참여하자는 것이 나의 정치 슬로건이다."

보았는가. 청소년이라도 불평만 하지 말고 참여하자는 거다. 이런 이야기를 하면 당장 "우리나라 청소년에게는 참정권도 없고, 피선거권도 없는데 어떡하란 말인가"라고 하겠지만, '천릿길도 한 걸음부터'다.

이어서 그녀는 "자유 그리고 모든 인간을 위한 정의를 목표로 한다. 그 사람이 언제 또는 어디에서 태어났느냐를 떠나서. 이 소박한 생각이 여러 정책 분야에서, 예컨대 환경보호, 사회정의, 갈등 예방 등에서 굉장한 결과를 가져온다. 모든 이들이 균등한 기회를 가져야 한다는 뜻이다"라며 녹색정치를 설명했다. 녹색정치란 한마디로 모든 이들이 균등한 기회를 가지는 것이라고 그녀는 강조하고 있다. 그 '모든 이' 속엔 물론 청소년도 들어간다.

그러면서 그녀는 한국 청소년들의 자유롭지 못한 생활을 꼬집었다. "독일 청소년들은 학년에 관계 없이 아무리 늦어도 오후 2시까지는 모든 수업이 끝나고 그 이후에는 다양한 여가, 지역활동 등을 한다"라며, 독일 사회를 알려주었다. 이어서 "독일 청소년들은 1)학생회 활동 2)지역의회 3)각 정당 산하 청년조직 등 세 가지 형태로 정치활동에 주로 참여하며, 몇몇 연방지역에선 16세부터 지역선거 출마를 허용하는 곳도 있다"라며 독일 사회의 청소년 정치참여 상황을 설명했다.

그녀는 마지막으로 "청소년은 존중의 대상이지 통제와 감시의 대상이 아니다"라면서 "청소년 정치 참여 기회가 한국에서 더욱 더 활발하게 논의되길 바란다"라고 강조했다. 청소년의 정치 참여는 이제 우리 사회가 시급히 풀어야 할 필수요소가 되었다.

독일 사회를 부러워하지 말고, 우리도 한번 그래 보자

사실 뤼어만도 혼자 그 자리에 오른 게 아니었다. '안나 뤼어만'이 그 나이에 국회의원이 될 수 있었던 것은, 개인적인 용기도 있었지만, 사회적인 바탕이 컸다. 『학교는 하루도 다니지 않았지만』의 저자 임하영 작가는 자신의 독일 경험을 다음과 같이 서술했다.

수많은 만남이 있었지만, 그중 가장 기억에 남는 이들은 바로 독일의 10대들이다. 7월의 어느 화창한 여름날, 나는 우연찮게 청소년들의 정치 행사에 참여한 적이 있었다. 이곳에 올 수 있었던 것은 바로 나의 호스트이자 김나지움 선생님인 슈테판 덕분이다. "이 행사는 청소년들의 의견을 실제 교육정책에 반영하기 위해서 열리는 거야." 그의 말마따나 건물 안에는 학생들이 가득했다. 대부분이 고등학생, 더러는 중학생도 있다고 했다.

우리는 학생들의 무리를 따라 어느 회의실로 들어갔다. 건물 곳곳에서 여러 주제를 다루는 워크숍이 열리고 있는데, 그중 하나에 슈테판과 내가 합류한 것이었다. 방 중앙에는 정치인 몇 명이 앉아 있고, 학생들이 그 주변을 빙 둘러싸고 있었다. 학생들은 너도나도 손을 들어 자신의 의견을 말하고, 또 궁금한 점을 정치인들에게 질문했다. 질문과 답변은 종종 불꽃 튀기는 논쟁으로 이어지기도 했다.

가장 인상 깊었던 점은 학생들이 전혀 주눅들지 않고, 당당하게 자신의 생각을 표현한다는 것이었다. 정치인들도 학생들의 의견을 경청하며 필요할 경우 그 내용을 수첩에 메모했다. 나중에 들은 바에 따르면, 당시 학생과 정치인들은 '학교는 난민들을 어떻게 환영할 것인가' '학교를 졸업한 후에는 어떤 인생을 살아야 하는가' '초등학교 4년 이후 학생들을 직업학교와 김나지움으로 나누는 것은 과연 올바른 일인가' 같은 주제를 두고 심도 있는 이야기를 나누었다고 한다.

우리나라도 이런 사회가 가능한가? 그렇다. 얼마든지 가능하다. 22장에서 우리가 던진 질문처럼 '우리 사회의 기준, 누가 정하는가'라고 누군가 물을 때 단순히 '정부, 기업, 학교, 가정'이라고 말하지만 말고, 진정한 주체는 '청소년'이라고 말해야 한다. 저항의 주체가 청소년이어야 하고, 우리 사회의 기준을 새로 세우는 이들도 청소년이어야 한다. 청소년들이여! 우리도 '한국의 안나 뤼허만'을 한번 만들어보자.

39. '초년 모의대선'에서
희망을 본다

38장에서 말한 것처럼 우리가 '한국의 안나 뤼어만'을 꿈꾸려면 넘어야 할 산이 너무나도 많다. 청소년참정권을 쟁취하는 것은 너무나도 시급하고 중요한 시대적 과제라고 말한 바 있다. 19대 대통령이 19세 투표권만이라도 해결하기를 바란다고도 했다. '중요함'이 중요해서 각 부마다 다룬다고도 했다. 마지막 부에서 또 다루겠다.

청소년들의 정치적 식견에 깜짝깜짝 놀라곤 한다

그거 아는가. 우리나라 현행 정당법에 따르면 만19세 미만은 정당에 가입할 수 없다는 것을. 정당에 가입하려면 선거권이 있어야 하는데, 아시다시피 참정권 없는 청소년은 자격이 되지 않는다. '정치적 판단을 못하는 애들(?)'이기 때문이다. 옛날 말로 '똥오줌도 못 가린다'는 거겠지.

피선거권, 즉 각종 선출직 공무원에 입후보 자격조차도 없다. 우리

나라는 지금 '만25세 이상'이어야 입후보할 수 있다. 왜 굳이 만25세냐고? 청소년기본법에 의하면, 만24세까지가 청소년이다. 이렇게 보니 '참 지랄도 풍년이다' 싶다. 우리 사회가 한사코, 결단코, 기어코, 마침내, 죽어도 청소년 따위에겐 현실정치 자격을 주지 않으려고 작정한 듯하다. 청소년에게 정치를 시키면 나라가 뒤집히기라도 하나? 그동안 막고 있다가 한꺼번에 터지면, 더 뒤집힐 수도 있는데 말이다. 나같은 사람이 괜히 '청소년혁명'이니 뭐니 하면서 반항도 덜할 텐데. 호미로 막을 걸 가래로도 못 막을 텐데.

보다 못한 어른들과 청소년들이 "청소년도 시민이다. 청소년 인권법 제정하라" 목소리를 높이고 있다. 이제 사람들도 다 안다. 그동안 청소년들은 시민도 국민도 아니었다는 것을. 민주국가 대한민국이라고 했지만, 사실은 민주국가가 아니었던 거다. 자격을 가려 받았으니 말이다.

청소년이 현실정치에 입문하지 못하게 한 제일 큰 이유가 '정치적 판단을 하기에 어리다'라는 거였다. 굳이 인터넷에 떠도는 청소년들의 똑똑한(정치적 의견과 주장을 야무지게 펴는) 동영상을 예로 들지 않아도, 내 주위 청소년들을 보노라면 그들의 정치적 식견과 신념에 깜짝깜짝 놀라곤 한다. 그들에게서 배울 게 많다. 나만 그렇지 않으리라.

그런 면에서 지난 19대 대선에 앞서 청소년들이 실시한 모의대선은 우리 사회에 희망을 준다. 말하자면, 우리 사회에 무한한 가능성을 열어주었다. 조금만 있으면 그들이 우리 사회를 이끌고 갈 게 분명하다. 그들의 정치적 감각이라면, 이 사회를 돌려드려도 잘할 게 분명해 보인다.

19대 대선 결과와 모의대선 투표 결과 비교해보니…

대선 결과와 모의대선 투표 결과를 표로 비교해보니 이렇다.

2017년 19대 대선 득표율 비교

등수	후보자	대선 득표율	모의대선 득표율	모의대선 등수	대선 득표율과 차이
1	문재인	41.1%	39.76%	1	1.4%
2	홍준표	24.0%	2.44%	5	21.56%
3	안철수	21.4%	8.63%	4	12.73%
4	유승민	6.8%	10.55%	3	3.65%
5	심상정	6.2%	37.42%	2	31.22%

1위는 일치했다. 둘 다 문재인 후보였다. 이걸 보면 국민 전체의 정치감각이나 청소년의 정치감각이 비슷함을 알 수 있다. 촛불정국을 지난 직후여서 그렇지 않았을까 싶다. 득표율 차이가 1.4%밖에 되지 않았다는 것 역시 마찬가지 이유였을 것으로 볼 수 있다.

19대 대통령선거 연령별 득표율

	문재인	홍준표	안철수	유승민	심상정
20대 (19세포함)	47.6	8.2	17.9	13.2	12.7
30대	56.9	8.6	18.0	8.9	7.4
40대	52.4	11.5	22.2	6.5	7.0
50대	36.9	26.8	25.4	5.9	4.5
60대	24.5	45.8	23.5	4.1	1.6
70대 이상	22.3	50.9	22.7	2.6	0.9

* 자료출처 : 지상파3사 공동 출구조사

하지만 이 표를 보고 혹시 "거 봐라. 청소년들이라 다른 후보자들은 아예 다르지 않느냐. 정치적 판단을 못하는 게 분명하다"라고 말하는 사람이 있다면, 그 사람은 분명 '꼰대'다. 어른들과 일치해야 정치적 판단을 제대로 하는 것이고, 차이가 나면, 그것도 많이 차이가 나면 '틀렸다'라고 하는 건 좀 아니지 않은가?

오히려 자신들의 정치적 의견을 분명하게 드러내었기에 정치적 판단이 살아있다고 봐야 한다. 표를 성향으로 나눠보면 청소년들은 소위 진보성향이 더 강하다는 걸 알 수 있다. '연령별 득표율'을 보라. 실제 대선에서 20대가 심상정 후보를 지지한 것보다 청소년들의 지지가 훨씬 높다. 정말 파격적이다. 자세히 보면 알 수 있지만, 심상정 후보의 득표율은 나이와 정확히 반비례한다. 나이가 젊을수록 심상정 후보를 지지하는 비율이 높다는 이야기다. 기득권층이 왜 청소년들에게 참정권을 주지 않으려고 애쓰는지 알 수 있다.

반면 홍준표 후보는 나이와 득표율이 정확히 비례했다. 젊을수록 홍준표 후보를 찍지 않은 반면 나이가 들수록 홍준표 후보를 선호했다는 이야기다. 청소년들이 홍준표 후보에게 꼴랑 2.44%의 지지를 보내준 것은 아주 자연스러운 일이다. 이러니 지금의 자유한국당이 청소년에게 기를 쓰고 참정권을 주지 않으려는 게다.

안철수 후보의 득표율도 상당히 의외였다. 대선에선 21.4%를 받아 3위를 했는데, 모의대선에선 8.63%, 4위에 그쳤다. 득표율 차가 12.73%였다. 어른들이 생각하는 '안철수'와 청소년들이 생각하는 '안철수'가 상당한 차이가 있음을 보여준다. 대선 이후 안철수 후보의 지지율은 자꾸만 내려갔다. 어쩌면, 청소년들은 미리 그걸 알고 있었던 게 아닐까?

여기서 또 눈에 띄는 결과는 유승민 후보다. 대선 득표율은 6.8%로 4위였다. 하지만 모의대선에서는 득표율 10.55%로 3위였다. 연령별 득표율을 봐도 나이와 득표율이 대체로 반비례였다. 대선에서 20대의 지지율은 13.2%였지만 모의대선선 10.55%였다. 20대보다 청소년들이 바른정당 주자에게 짜게 표를 준 셈이다. 둘 사이의 차이는 3.65%. 큰 차이는 아니지만, 선거판에서 그 정도면 적은 차이도 아니다. 내가 보기엔 20대보다 10대들이 더 냉정하게 판단한 듯 보인다.

모의대선을 통해 나는 우리 사회의 희망을 본다. 지금 청소년들의 정치감각이 훨씬 세련된 듯하다. 소위 진보성향이면서도 합리적인 보수에게 표를 주는 균형감각도 보여준 듯하다. 어중간한 중도를 표방하는 사람(안철수 후보)에게 냉정하게 매를 들 줄 아는 감각도 보여준 듯하다. 무엇보다 확실히 어른들보다 진보적인 성향을 보인다. 자신들만의 개성을 분명히 보여줬다. 민주주의의 다양성은 '뭉뚱그린 많음'이 아니라, 확실한 개성들의 총합이 아니었던가.

19금을 금하라

40. 초년들이여!
저항의 역사를 다시 깨우자

왜 그럴 때 있지 않은가. "뭐 먹을까?" 하고 의견을 내보라면 가만히 있다가, 모두 결정되고 나서 막상 음식이 나오면 누군가 "나 이거별로 안 좋아하는데"라며 얼굴을 찌푸리는 일. "진즉에 말하지, 왜 지금 지랄이냐"라고 하면, "아까 정확하게 나에게 물어보지 않았지 않

았느냐"고 말하는 사람이 있다. 이런 사람이 하나가 아니라 하나 이상일 때, 소위 '멘붕'이 오기 마련이다.

애빌린 패러독스 현상을 아는가

단체로 여럿이서 회의할 때도 마찬가지다. 목소리가 큰 사람들이 주로 의견을 내고, 많은 수의 사람들은 듣고 있다. 결정은 대부분 목소리가 큰 사람들의 의견대로 된다. 이럴 때 사람들은 그 의견에 모두 찬성한 줄 알고 넘어가지만, 사실은 의견이 있어도 굳이 부딪히고 싶지 않아 넘어간 것뿐인 경우가 많다. 찬성한 게 아니라 반대하지 않았을 않았을 뿐인데, 사람들은 그 의견을 찬성했다고 '퉁'쳐버리곤 한다.

이런 현상을 '애빌린 패러독스'라고 한다. 한 집단 내에서, 그 집단의 모든 구성원이 각자가 다 원하지 않는 방향의 결정임에도 불구하고, 모두 함께 자신의 의사와 상반되는 결정을 내리는 데 동의하는 역설을 말한다. 이 현상은 집단의 구성원 각자가 자신이 소속된 집단의 의견이 자신의 것과는 반대되는 것이라고 잘못 생각하고, 감히 집단의 의견에 반대하지 못한 채 동의하는 것이다. 집단 내의 의사소통이 제대로 이루어지지 못하는 경우다. 인간 존재는 집단의 경향과 반대로 행동하는 것을 매우 싫어한다. 그래서 회의 진행자는 반대 의견이 없으면 찬성인 줄 알고 넘어가곤 한다.

252

우리 사회에서 청소년 문제만큼 '애빌린 패러독스'가 심한 게 또 있을까 싶다. 다른 점이 있다면, 청소년들의 '애빌린 패러독스'는 대부분 타의에 의해 강요받는다는 것이다. 아예 청소년들에겐 발언기회조차 없다는 게 그 증거다. 발언권조차 없다는 것은 대놓고 청소년들의 '애빌린 패러독스'를 강요하는 거다. 바꿔 말해서, 청소년들 스스로 목소리를 내고 저항하지 않으면 우리 사회는 계속 '우리 사회가 청소년을 대하는 대표적 자세'를 견지할 게 분명하다. "우는 아이 젖 준다"라는 속담은, 사실은 '청소년혁명'을 부추긴 말이었다.

남학생들이 치마 입고 등교한 사연

다음에 소개하는 한 장의 사진이 우리를 신선한 충격으로 몰아넣었다. 이 사진의 사연은 다음과 같다.

2017년 6월 22일 영국의 데번라이브 등 외신들은 "한 중학교 남학생 50여 명이 단체로 치마를 입고 등교했다"라고 보도했다. 영국의 한 학교 남학생들이 반바지를 입고 등교하고 싶다고 요구했는데, 교사가 "차라리 치마를 입으라"라고 말했던 것이다. 그러자 학생들은 저항의 표시로 단체로 치마를 입고 등교했다. 물론 치마는 여자 형제나 친구에게 빌린 것이다.

남학생들은 "치마를 입고 등교하니 무척 좋다"면서 "아래로 들어

오는 바람이 정말 시원하다"라고 말해 웃음을 자아냈다. 이들의 주장은 "더운 여름철 남학생에게 긴 바지만 강요하는 학교 규정을 고쳐달라"라는 것이었다.

저항의 몸짓을 본 학부모들은 학생들의 시위가 적절했다고 찬성했다. 반면에 이 학교의 교장은 "반바지는 복장 규정에 포함되어 있지 않다"라며 "개정이 필요하다면 학생과 학부모의 의견을 모두 들어봐야 한다"라고 밝혔다. 그러면서도 "기후가 변하고 더위가 이어진다면 더 나은 학교생활을 위해 규정은 바뀔 필요가 있다"라고 꼬리를 내렸다. 결국 학생들의 요구는 관철되었다.

19금을 금하라

매년 11월 3일은 학생독립운동기념일이다

매년 11월 3일이 무슨 날인 줄 아는가. 학생독립운동기념일 또는 학생의날이다. 이날은 1929년 11월 3일, 일제강점기의 전라남도 광주에서 일어난 항일학생운동을 기념하는 날이다. 하지만 이날이 바로 그날인 줄 아는 사람은 그리 많지 않다. 사실 광주학생운동의 독립운동 정신을 계승, 발전시키고 애국심을 드높이기 위해 매년 11월 3일 각종 기념행사를 거행해왔는데도 말이다.

이날이 제정되기까지 우여곡절이 있었다. 1953년 10월, 국회의 의결을 거쳐 '학생의날'이라는 이름으로 정부기념일이 되었다. 그러다 1973년 3월 30일 각종 기념일을 통폐합할 목적으로 제정된 '각종 기념일 등에 관한 규정'에 따라 폐지되었다. 그리고 1982년 9월 14일 '학생독립운동 기념일 제정에 관한 건의안'이 국회에 상정되는 등 부활운동의 결과로 1984년에 다시 부활했다. 2006년에는 정식으로 '학생독립운동기념일'로 명칭이 변경되었다.

사실 우리 모두 알고 있는 대로, 우리 사회의 위기 때마다 청소년들이 활약을 했다. 3.1운동 때도 민족대표 33인이 주도해서 만세운동을 한 걸로 교과서에 나오지만, 실은 33인은 제대로 만세를 주도하지 못하고 독립선언문만 낭독하고 자리를 피했다. 그때 그 선언문을 들고 거리로 뛰쳐나가 목숨을 걸고 외쳤던 것은 청소년들이었다. 그렇게 역사에 이름을 남긴 청소년이 바로 유관순 열사가 아니던가. 1919년 3.1운동 당시 그녀는 17세, 지금으로 따지면 고1의 나이였다.

4.19혁명 또한 청소년들의 궐기였다. 공식 명칭은 '4·19혁명기념일'이다. 그럼에도 이날을 굳이 '4·19학생운동'이라고 부르는 건, 청소년들의 활약이 대단했기 때문이다. 또 다른 명칭인 '4월혁명'은 1960년 4월 자유당 정권이 이기붕을 부통령으로 당선시키기 위한 개표 조작을 하자 이에 반발한 학생들이 부정선거 무효와 재선거를 주장하며 시위를 벌인 것이 시발점이 된 혁명이다. 이 혁명의 결정적인 도화선은 한 고등학생의 죽음이었다. 3.15부정선거에 항의하던 마산상업고등학교 입학생 김주열이 실종된 지 27일 만(4월 11일)에, 마산 중앙부두 앞바다에서 시체로 떠올랐다. 그의 왼쪽 눈에는 경찰이 쏜 최루탄이 박혀 있었다. 부산일보가 이 사실을 보도하면서 전국적으로 시위가 확대되었다. 그것을 혁명이라고 부르는 것은 이승만 독재정권을 무너뜨렸기 때문이다.

사실 4월혁명을 아무도 이렇게 부르지 않지만, 나는 당당하게 부르고자 한다. '청소년혁명'이라고. '청소년의 혁명'이라고 해도 좋다. 앞에서 내가 제시한 '야단법석청소년페스티벌'도, '앵그리스튜디오'도, '청소년자치공간프로젝트'도 모두 '청소년에 의한'이 핵심이다. 청소년을 위한 정책도 많고, 청소년의 공간도 곳곳에 있지만, '청소년에 의한'이 실현되지 않으면 실은 민주주의는 전혀 실현되지 않은 것이다.

아직 청소년의 인권은 '1'도 실현되지 않았다. 청소년 인권의 핵심도, 이 책의 핵심도 결국 '청소년에 의한'의 실현이다. 청소년이 스스로 주도하는 세상, '청소년에 의한'이 사회 전 영역에서 보장되는 세상, 그것이 내가 꿈꾸는 세상이다. 이것이 실현되는 과정을 나는 '청소년혁명'이라고 부르고자 한다. 이런 청소년혁명의 정신으로 나는 우리 사회에 말한다. "19금을 금하라!" 청소년들이여! 저항의 역사를 다시 깨우자.

난 뭘
고칠 수 있을까

내가 이 책을 쓰는 데 많은 영감을 준 책 『푸른 눈, 갈색 눈』에 이런 말이 있다.

"차별하지 말자고 말하기는 쉽다. 하지만 편견과 차별에서 벗어난 삶의 방식을 몸에 익히고 실천하는 일은 간단하지 않다."(251쪽)

그렇다. 여기까지 함께 온 당신과 나는 고민을 잠시 해야 할 시점이다. 과연 나는 무엇을 고칠 수 있는가.

나는 이것부터 고치려고 한다. '학교밖청소년'이라고 부르는 것을 말이다. 습관처럼 써왔던 이 말이 얼마나 차별적인 말인지, 최근에 앵그리스튜디오 청년대표 오병주 군에게서 들었다. 나의 주변에 이른바 '학교밖청소년'이 다가왔고, 그들을 섬기게 되었다. 그들을 외부에 소개하거나 SNS에 올릴 때, 호칭을 '학교밖청소년'이라고 했다. 오 대표가 나에게 "목사님, 그것은 차별적인 언어입니다. 고쳐주셨으면 좋겠습니다"라고 했다. 뒤통수를 한 대 얻어맞은 듯했다. 그래서 바로 고쳤다. 앞으로는 '홈스쿨러'라고 부르기로 했다. 더 적당하고 좋은 말이 우리 사회에 나온다면 그걸로 쓰겠지만, 지금까지는 '홈스쿨러'가 제일 적절한 듯싶다.

'학교밖청소년'이란 말은, '학교 안'과 '학교 밖'을 구분 짓는 걸 넘어 차별하는 단어다. 학교가 정상적이고 '학교 밖'은 비정상적이라는 의미가 숨어있다. '학교 안' 청소년들은 사회에 적응을 잘하는 사람들 같고, '학교 밖' 청소년들은 사회에 부적응하는 '부적응자'들처럼 보이게 만드는 단어다. 이런 단어 하나라도 고쳐나갈 때 차별은 조금씩 사라지고, 평등과 상생이 자리 잡을 듯싶다. 나는 지금부터 '학교밖청소년'이 아니라 '홈스쿨러'라고 부르고자 한다.

하나가 더 있다. 이 책에서 '안성 최초 청소년 자치공간'에 대해서 다룬 적이 있다. 그곳을 '프리틴'이라고 확정지었다. 안성 청소년들에게 이름을 공모했고, 여러 가지 이름이 올라왔지만 최종적으로 '프리틴'으로 확정되었다.

'프리틴'(free teen)이란 의미는 '자유로운 10대'란 뜻이다. 한국사회에서 청소년들은 자신의 힘으로 할 수 있는 게 그리 많지 않다. 자신의 몸이 있지만, 대부분 어른들의 뜻대로 움직이기 마련이다. 이런 자유스럽지 못한 상황의 청소년들은 외치고 싶은 게다. "제발 우리를 자유롭게 해달라"라고. 안성에서 벌어진 '청소년혁명'의 깃발은 '프리틴'인 거다.

나는 이 책에서 '청소년'을 '초년'으로 하자고 이 사회에 제안한 바 있다. 하나 더 제안한다. '프리틴'도 추가하자. 영어로 청소년을 '틴에이저'(10대)라고 한다. 틴에이저를 그대로 가져오지 말고 우리 사회가 창의적으로 '프리틴'으로 고쳐 부르면 어떨까? 결과적으로 '초년'과 '프리틴'을 이 사회에 제안한 셈이다. 둘 중 하나를 청소년 당사자들에게 물어서 확정하면 어떨까?

어쨌거나 이 책을 여기까지 읽은 당신은 뭘 고칠 수 있을까? 세 가지 정도만 이 책에 써보시라.

1. _____

2. _____

3. _____